INDICE

Prologo

En la intensidad de las historia humana, siempre hubo algo que no se ha
contado o no se ha podido entender.
Tal vez nunca podamos saber la verdad, solamente podemos conjeturar. La
verdad es da cada uno de quien la cuenta, y esa verdad puede ser
modificada a gusto y placer del que la oye.
Solamente hay unos momentos de verdad para el ser humano,son cuando
imagina historias que nunca han sucedido.
(PROPIO DEL AUTOR)

El barro

Informe Preliminar.

Siendo el día 23 de julio del corriente año.

Se concurrió a la calle ALVAREZ PRADO 676 a la 23hs, por un llamado realizado por Sr. JUAN
NILO, acusando un delito en curso.

Al llegar al lugar, siendo un local abandonado, se encontró a un masculino sin vida. El cual era una
persona caucásica de 170m de altura, de 40 años aproximadamente.

El cuerpo estaba cubierto de barro. Se puede inferir que fue arrastrado hacia dentro del local. Las
manchas de barro muestran una circulación proveniente de la calle hacia el lugar del crimen.

La persona perdió la vida por asfixia. Dentro de la garganta se encontró barro, lo cual le produjo la
muerte. Se deduce que hubo una pelea y utilizaron el barro de la calle para asfixiar a la víctima.

Las pertenencias del difunto no fueron sustraídas, se encontró un arma calibre 38, la cual no fue
disparada y la billetera con tarjetas de crédito y dinero. El robo se descarta rotundamente.

El difunto antes de ser asfixiado recibió golpes en la nuca y otro en el estómago, se presume que fueron antes de la muerte por los hematomas que denota el cuerpo. Se puede presumir que el golpe de la nuca, fue el más contundente, provocando el desmayo.

Hay ciertas similitudes con asesinatos anteriores dentro de la provincia.

Ese día terminó con un caso raro, nos llamó un vecino de la calle Álvarez Prado, denunciando, primeramente lo que parecía una pelea. Entonces mandé a un patrullero con unos policías principiantes para revisar el suceso. A la media hora reportaron por la radio a la comisaria que hubo un asesinato. Fui con el jefe de patrulla a ver la escena del crimen. Luego le di aviso a los forences para que peritaran el lugar.

La escena parecía algo cotidiana, pero lo que más llamaba la atención era la cantidad de barro. En esos días llovió mycho, pero estábamos en un lugar con calles pavimentadas. Así que era un dato para tomar en cuenta. Posiblemente el asesino venía de la Villa Santa Marta, cerca del riachuelo, donde había calles de tierra.

Aseguramos el lugar, porque los vecinos estaban irrumpiendo en la escena del crimen. Yo no queria que se perdiera o manipulara alguna prueba. Llamé a otro patrullero para que nos diera apoyo, para contener a la gente y preservar la escena del crimen.

Cuando estaban los peritos y algunos agentes de la comisaria le pedí al jefe de patrulla que me lleve de vuelta a la comisaria. Yo era viejo para estar toda la noche investigando, dejé el caso a cargo a una policía inspectora.

Con ese caso terminé mi día de trabajo, era de noche y quería ir a descansar. Tenía mi auto en el taller, así que decidí ir caminando hacia mi departamento que no estaba lejos de la comisaria. Aunque yo ya usaba un bastón para caminar, preferí ir de este modo a casa, para sentir el aire de la noche, quería despejarme de mi trabajo.

Caminé por la calle Rodríguez, parecía una noche tranquila en el barrio que me vio crecer. Era un barrio entre capital y el gran Buenos Aires, pero ya no era el mismo de cuando era más joven. Estaba más violento, había muchos robos y asesinatos. Muchos chicos que vi crecer, estaban muertos y a otros los puse presos. Algunos sabían que yo era policia, por eso no me hacían nada. Otros me insultaban por serlo, a esos los tenian mas vigilados.

Cuando llegué al edificio donde estaba mi departamento, sentí que no era seguro entrar. Detrás mío venían dos chicos, los escuché murmurar. Di un vistazo para ver si los conocía, pero no pude ver bien quienes eran. Tal vez querían robarme, por eso me crucé de vereda hasta que ellos se alejaron. Luego regresé al edificio, en la vereda del frente vi a un vagabundo caminando raramente. Parecía que las piernas no les respondían o estaba muy borracho. Me dio algo de intriga, porque gruñia de una forma extraña, estaba muy sucio y hacia sonidos guturales.

Me apresuré a entrar al edificio y cerré la puerta rápidamente con la llave. Por la puerta vidriada del hall de entrada vi que el vagabundo quiso cruzar la calle. Pero como cerré la puerta, él siguió por la vereda del frente. Como era de noche y no había mucha luz no pude ver su rostro nítidamente. Ya era muy de noche y lo único que quería era descansar, subí al ascensor y cuando cerró la puerta, le puse el seguro a mi arma.

En mi departamento solamente éramos dos, me acompañaba un gato callejero. Lo encontré en la vereda del edificio. Pensé dejarlo por unos días, le di comida, y luego me encariñé y me lo quedé, se llamaba Pericles. Mis hijos eran grandes y ya no vivian conmigo, mi esposa había fallecido hace años. Me había acostumbrado a tener una vida pesada, no tenía horario de llegada, algunas veces no volvía a casa por días. Al ser comisario de la 37 del barrio Santa Marta, había días que estabas con criminales todo el tiempo y llegabas cansado mentalmente.

Esa noche prendí la tele, lo primero que vi en las noticias fue el crimen del embarrado. Los periodistas dijieron que tenían más datos del asesino. Me reí, había sucedido hace pocas horas, y no me habían dado el reporte a mí, que era el comisario. Los periodistas no sabían más que la fuerza policial, solamente exageraban para dar un sensacionalismo. Llamé a la inspectora, para saber si ella había entregado algún dato a los canales, ella lo negó rotundamente.

Habia pasado una semana, sin homicidios en la zona de mí comisaria. Hasta que cerca de Liniers se encontró un cuerpo tirado en plena calle desnudo y embarrado. Además estaba seco como una pasa. Los forenses revisaron todo el cuerpo y la autopsia dio como resultado asfixia por barro en la garganta, con una severa deshidratación.

Pedí que me pasaran el informe perital, para compárarlo con el asesinato de la calle Álvarez Prado. Leí el informe detenidamente y cuando vi las fotos de la persona fallecida, me hizo recordar al hombre que vi al frente del edificio de donde vivo, la noche del primer asfixiado por barro. En las fotos pude notar algunos rasgos similares entre los dos. Con los años de experiencia, sabía que había alguna conexión.

Durante esa semana leí varios informes de asesinatos con el mismo modo operandi. Se asfixiaban a personas con barro, y no se les robaba nada. En algunos casos hasta en los intestinos se encontró barro. Los forenses habían determinado que el barro era el mismo en todos los casos, no había diferencias de sedimentos ni texturas, los minerales eran los mismos.

Luego a la semana apareció otro ¨embarrado¨, cerca de la Plaza de Once. La comisaria de la zona nos mandó por fax el informe a todas las dependencias. La denuncia y el informe perital eran casi idénticos en todos los casos. Con mi experiencia en 40 años en la fuerza policial pensé que era un enfermo mental con algún trastorno de la niñez. Nunca había visto este tipo de crimen, había presenciado mutilaciones, violaciones y acribillamientos, pero esto no.

Pasaron unos días y apareció un ¨embarrado¨ más. Era un chico de 16 años, de una familia bien posicionada. Los familiares habian denunciado su desaparición el sábado y lo encontraron el jueves detrás de la plaza de Flores. Eran 9 casos de los que teneiamos concimiento. La prensa ya nos tenía en la mira, no se podían ocultar más estos crimenes. Había titulares de los diarios que eran muy hirientes y escandalosos. La comunidad nos reclamaba justicia, tambien elministro de seguridad y el gobernador sentian la presión.

El ministro de seguridad y el gobernador hicieron una junta con la cúpula policial para esclarecer los casos y detener al ^loco del barro^. A los comisarios nos pidieron que investigáramos con todos los recursos. El gobernador fue muy enfático en que debíamos resolver el caso lo antes posible, ya que se acercaban las elecciones y quería aprovechar la detención de este loco para la campaña electoral. Por eso decidió armar un equipo exclusivo para atrapar al asesino.

Ese mismo día reuní a todos mis agentes de la comisaria para explicarles el plan del gobernador para dar con el paradero del ¨loco del barro¨. Yo fui designadocon el cargo de investigador principal. El ministro de seguridad me habia dado un plazo de 2 semanas para esclarecer el crimen. Entonce puse a 25 agentes en la investigacion, los dividi en grupos de 5. A cada grupo leasigné una zona a patrullar. Cada zona fue elegida porque eran donde habia sido encontrado una victima del loco del barro. Al tener localizadas las zonas donde fueron asesinadas las personas, pudimos detectar un patrón. Todos eran lugares cercanos a las estaciones del tren que van del conurbano hacia la capital. Siempre ocurrían a la noche y las víctimas eran indistintas en edad, en sexo y clase. Las personas eran atacadas al asar.

Estuvimos patrullando una semana sin saber del loco del barro, hasta que encontraron a una chica sin vida cerca de la plaza de Flores. Tenía los mismos signos de muerte que los cuerpos ¨embarrados¨. Fuimos a inspeccionar el lugar con un cabo primero y el jefe de patrulla . Revisamos la zona, para encontrar pistas, pero era una zona muy transitada, por suerte los peritos que habían llegado, pudieron conservar la escena del crimen.

Conversé con el jefe perito para que me informe sobre el estado de la victima. Me dijo que aparentemente no había sido violada, tampoco tenia orificios de bala. Estaba deshidratada, la carne estaba en estado de putrefacción. Antes que se la llevaran los forenses, pude ver el cuerpo. Parecia disecada, aparte tenia barro por todos lados. Los pelos estaban machucados, y por la ropa que llevaba puesta era una chica de la calle. Sus zapatillas estaban gastadas y la ropa también. No habia sido desvestida.

Los policías que estaban conmigo observaron la zona en busca de indicios, pudieron encontrar pedazos de barro en la estación de tren. También había ropa de otra persona con barro y un bolso, estuvimos revisando la zona 4 cuadras a la redonda. El lugar con más indicios del asesino estaba en la plaza y cerca de la estación del tren. Supuse que había asesinado a la chica y se fue en tren. Con los datos y pistas que tenia de este asesinato fui al centro de investigación a hacer el reporte. En el mismo pedí, que se hiciera una prueba toxicológica al cuerpo, esto es debido al estado en el que se encontró.

El ministro de seguridad me llamó esa noche, me dio tres días para resolver el caso. Le expliqué que todos los exámenes post morte tardarían una semana. Él ya quería sacarse este asesino de encima, la prensa y la sociedad querían respuestas y él las tenía que dar.

Habían pasado dos semanas y no había indicios de otro ataque. En el informe del último asesinato, se dejaba en claro que la chica de Flores había sido ahogada con barro, era el mismo patrón. El asesino usaba siempre el mismo método. Pero lo más raro era que en el cuerpo no habian encontrado drogas ni sustancias químicas. Tambien el proceso de descomposición era algo extraordinario. El cuerpo se descomponia muy rápido, aunque en la morgue lo mantubieran a temperaturas bajas, esto les dificultó el proceso de autopsia a los médicos. Era el barro el que descomponia mas rapido los cuerpos.

Me reuní con mi equipo y planteamos varias hipótesis. Luego hicimos un plan para poder detener al ^loco del barro^. Los testigos que hacían las denuncias cuando encontraban los cuerpos, no decían nada de algún automóvil. Algo que sabíamos era que el asesino escapaba en tren. Por eso no lo podíamos rastrear cerca la zona. Además, siempre asesinaba en zonas con poca luz. No había un patrón definido del porqué de los asesinatos, lo único que sabíamos, era que el asesino atacaba por periodos de una a dos semanas. Las hipotesis que tenia mas fuerza era la de un trastornado, pero no sabiamos el significado del barro.

 Esperamos una semana para que se diera un posible ataque. Decidimos poner un agente de nuestro equipo en cada estación donde había sucedido un asesinato. Esa semana habia agentes en las estaciones de barrio Santa Marta, Flores, Caballito y Once. Estarían toda la semana vigilando. Tenian la orden de si veían alguien sospechoso, podrían detenerlo para ser llevado para averiguar antecedentes. Esa misma noche había un patrullero recorriendo Caballito y había otros dos en Once.Yo me quedé con mi auto particular recorriendo la calle Rivadavia, cerca de la estacion de Flores.

Pasaban las horas y no había nada raro, en la radio policial no se informaba cosas relevantes. A las 3 de la mañana, quería irme a dormir, estaba agotado. Llegué hasta Flores cerca de la plaza, vi a dos personas luchando. Primeramente, pensé que eran dos borrachos, no quise intervenir, no quería distraerme de mi investigación. De repente algo de la pelea me llamó la atención, paré el auto, preparé mi arma y observé lo que estaba sucediendo. Uno de los que estaba peleando era una forma humana, no era un ser humano, no estaba bien definido, el otro si era un hombre caucásico de 1.70mts.

El hombre recibió un golpe en el estómago y cayó al suelo, el que no era humano lo empezó ahorcar. Luego su forma cambió, su cuerpo se humedecio, transpiraba y de su piel salía barro. Esa cosa, después de estrangular al hombre y dejarlo inconsciente, empezó a metérsele por la boca.

Yo estaba temblando, mi corazón ya no era como antes y estaba a punto de darme un paro cardiaco, nunca había visto algo así. Salí del auto, me acerqué lo suficiente para poder disparar mejor. Me apoyé en mi bastón, apunté con mi arma y di la voz de alto. Le grité ¡policía!. Pero no me hizo caso, apunté y le disparé. Le di en el pecho, pero no le hizo nada. Tuve tanto miedo que dejé tirado el bastón, fui rengueando hasta mi auto. Di el aviso por radio a los demás que tenía a el loco del barro frente mío.

El barro se dirigia hacia mi, se estaba acercando, yo estaba tan nervioso que no podía encender el auto. Le disparé a las piernas, no pude detenerlo, se acercaba tambaleando, estaba tan cerca que lo pude ver mejor. No sé cómo describirlo, era un ser con forma humana, pero parecía derretirse, no tenía rasgos faciales definidos carecía de expresión.

Pude encender el auto y lo atropellé. En la radio se escuchaba a los demás policias avisando que estaban acudiendo a la zona. Recargué mi pistola y le disparé 5 veces más, pero el barro se levantaba, no sentía el dolor. No quise dispárale más porque en la calle pasaban autos y no quería herir a un inocente. Le tiré el auto encima otra vez, lo golpee tan fuerte que salió barro de su cuerpo y ensució todo el parabrisas. Pensé que lo había lastimado, pero se reincorporó una vez más. El auto ya no encendía, con el último golpe que le di al "barro" había arruinado la parte delantera.

Salí del auto y vi que el barro estaba escapando, se iba del lugar. Le disparé los últimos tiros que me quedaban, ya no tenía más balas. Pero esa cosa no se detenía, no sentía el dolor. Pensé que se estaba desangrando por los impactos, pero no era sangre, era barro.

En ese momento llegaron dos patrulleros, les grité a los policias que le disparen al que estaba lleno de barro. Los policías le dispararon, pero no le causaban daño. Las balas penetraban su cuerpo,y luego eran drenadas al suelo. La forma de ese ser había cambiado, era una cosa indescriptible.

Esa forma humana de barro, se abalanzó sobre un policía y lo tomó de la cabeza. Luego lo golpeó en el estomago y se metió por la boca. El policía quedó hinchado, la barriga explotó y salió el barro desde adentro. Los demás policías que estaban, al ver esto se asustaron mucho. No entendían que estaba sucediendo.

Del hombre barro, empezó a salir un olor nauseabundo, era irrespirable, nos tuvimos que alejar, pero no le perdíamos de vista, ya habíamos perdido a uno de nosotros. No quería que más gente muriese. Pedí más refuerzos a la comisaria de Flores, le expliqué la situación, aunque el comisario no me entendió, le di la orden de mandarme policias con escopetas.

Con el cansancio mental que tenía con ese caso y lo que estaba viendo, quería que esto terminara, queria que esa cosa muriera. Le pedí a un agente que atropelle al barro con una patrulla para que no se escape. Enseguida el agente se subió a la patrulla y lo atropelló. Cuando esa mole fue despedida por el impacto, los otros policías se acercaron para dispararle.

Estaba por amanecer, estaba saliendo el sol, la mole de barro empezaba a desesperarse. Quería escapar, trataba de atacarnos, pero era mas lenta, estaba más seca. Golpeó a unos agentes, aunque no los pudo matar. Su intención era escaparse, estaba gritando hacia gruñidos.

La contuvimos lo más posible, pero no teníamos más balas. Se había convertido en algo más seco, desprendía polvo y desprendía ese olor pútrido, que era nauseabundo. Era tan insoportable, que no podíamos respirar. La seguimos hasta la calle paralela a la estación de tren, allí habia una cloaca, por donde quería meterse. Les dije a los policias que trataran de demorarle el paso hasta que llegaran los refuerzos, pero el barro se defendía, le teníamos miedo, pero ya se notaba débil.

Cuando llegaron los patrulleros de la comisaria de Flores, eran las 545 de la mañana. Ya ^el barro^ había llegado hasta la estación de tren, estaba cerca de la cloaca. El olor que dejaba era aún más insoportable, casi no podía moverse, estaba secándose de a poco con los rayos del sol. Ya no tenía movimiento y se desplomó en el piso, se empezó a partir. Los policías que recién habían llegado, no entendían que sucedía, les dije que le dispararan. Cuando las balas impactaron sobre esa cosa, se desprendió polvo y barro. El barro gritaba, pero no podía hacer nada.

El sol salió, se sintió el calor de la mañana. Eramos muchos policías que no entendían que era esa mole de barro. Quedaba de ella solamente polvo y el olor a putrefaccion. Era un olor a azufre y huevo podrido, era inmundo. Sobre lo que quedaba del cuerpo, habian moscas. Me acerqué y vi que en su cara tenía alguna expresión, pero yo no queria verla. Le pedí a los policías que tuviesen balas, que les dispararan a la cabeza. Cuatro policías le tiraron hasta que se quedaron sin balas. El hombre de barro quedó seco y se volvió polvo.

Fue algo inexplicable lo que viví, pero es lo que vi. A las 7 de la mañana, lo único que quedaba del monstruo era polvo y barro seco.

Aunque le hice un informe muy detallado sobre lo vivido esa noche al ministro, más los informes de los policías que estuvieron, fui callado. El ministro de seguridad me felicitó, porque pasaron 3 semanas sin más asesinatos del loco del barro. Tuve que hacer un informe falso, culpé a un ladrón que había sido abatido en un robo a mano armada, de ser el loco del barro.

Luego de estos sucesos, mi salud había empeorado, presenté mi renuncia, pero no fue aceptada, me dieron un retiro con honores.

El cartonero

Llevo mi chango de supermercado hacia donde el destino quiera, nadie sabe a dónde llegaré, ni cuándo. Porque yo no tengo caminos para seguir, soy un caminante incansable. Soy un vagabundo libre, que no tiene horarios ni casa. Lo único que me importa es conseguir algo de comida para mi y mi compañero. Busco en las bolsas de basuras cualquier cosa que me sirva, latas, plástico, diarios, lo que la gente ya no utiliza. Busco algo que pueda vender para comprar comida.

Siempre salgo a la mañana hasta la noche, me acompaña mi perro, que no es de raza, pero fiel. Es un perro mediano, con pelaje negro y orejas cortas. Tiene un poco de sarna, y garrapatas, pero no me importa, él nunca me abandona.

Soy un linyera, con los pelos secos, sucios y uso la misma ropa por meses. Yo no me baño muy seguido. Hace años que no voy al médico, lo único que me importa es sobrevivir día a día. Hace años que estoy en la calle, he pasado inviernos muy fríos y veranos ardientes, paso por épocas donde lo único que como es pan duro.

Camino por la avenida Vergara, es la 6 de la tarde. Voy hacia un barrio de casas caras, porque las bolsas de basuras de los ricos son las mejores para revisar y encontrar algo de valor. Tiran muchas botellas, revistas, algunas veces encuentro alhajas baratas. Estas me sirven como canje por algún objeto que necesito, las cambio con la gente de la villa. Tengo que revisar las bolsas antes que los recolectores pasen con su camión y se lleven todo. Pierdo mucho sino llego a revisarlas, con lo que consiga hoy, mañana puedo cambiarlo en el chatarrero por algunas monedas.

En el basurero de una de las casas, mi perro se pone a ladrar. Parece una bolsa normal, no debe haber más que basura, pero el perro está molesto. Abro la bolsa y encuentro lo de siempre, papeles, sachet de leche, un frasco de mermelada, también encontré un anillo rojizo, no es de oro ni tampoco de plata, es un anillo sin nada grabado, no hay inscripciones ni tampoco piedras preciosas. Me lo guardo en el bolsillo tal vez lo pueda vender mañana para comprar yerba y azúcar.

Con mi amigo, seguimos unas horas más buscando bolsas de basura en las calles. Cuando llegamos al centro de la ciudad, conseguimos algo más de chatarra, pero para finalizar el día, buscamos en nuestras bolsas de basura preferidas,son las de Mc Donald. En esas bolsas hay un poco de comida que ya nadie quiere, aunque sean pedazos de hamburguesas a nosotros nos encantan. El primer bocado siempre se lo lleva mi amigo, el se lo merece, nunca se aparta. Siempre está a mi lado, cuando llueve y cuando hace calor, él siempre está. Me defiende de los que nos insultan y de los que nos sacan a patadas de los negocios, por eso yo también lo cuido. Cuando me despierto siempre está feliz nunca lo vi triste. Se llama "flaco", porque se le ven las costillas y siempre tiene hambre.

Antes de regresar a la villa, miro el anillo, lo coloco en mi dedo anular derecho, no tengo que forzarlo para que entre. Aunque no es muy vistoso, no quiero que me lo vean puesto, entonces me pongo un guante de lana para taparlo. El flaco me mira en silencio, yo entiendo su mirada. Le doy un pedazo de pan y volvemos caminando a la villa a dormir, es tarde y hace frio.

Voy tranquilo porque me duele la cintura, además no tengo apuro en llegar. Mientras camino voy levantando las botellas y cartones que están tirados en la calle. La noche se está nublando, está fría. Saco del chango un camperón sucio y viejo que llevo siempre para abrigarme. Llegar a la casilla donde vivo nos llevará una hora, no es un casa, pero por lo menos tengo donde dormir por las noches.

Cuando llego a la villa, está lloviendo. Estoy empapado y embarrado, me saco la ropa y me tiro a dormir, el flaco se acuesta debajo de la cama. Esta noche no comeremos nada, solo tengo unos pedazos de pan duro, espero que mañana pueda comer algo.

Cuando me despierto, me siento muy raro. Tengo dolor de cabeza y un poco de fiebre. Además había soñado algo que no entendí. En el sueño veía cosas que no puedo explicar. Nunca había soñado algo parecido, fue un sueño muy real, lo pude sentir con mis sentidos. Podía oler el aire, sentir el calor, veía lo que los demás soñaban, pero fue solamente un sueño.

Me despabilo un poco y despierto al flaco, el bosteza y estira las patas. Puedo sentir lo que el siente, son los pensamientos de un niño. El solamente quiere jugar y comer. Siento que me quiere, me pone contento que mi perro me quiera. Le doy algo de comer, no es mucho, son dos pancitos. Pero él me agradece, siento como se pone contento.

Salimos y veo que llovió mucho, se siente frio y corre un poco de viento. Ayer estaba tan cansado que cuando me dormí, no sentí el viento ni la lluvia. Cuando llueve, en mi casilla hace mucho ruido porque el techo es de chapa y no tiene membrana. Las gotas de la lluvia golpean y produce un ruido ensordecedor, yo no las escuché.

 Las calles de la villa son de tierra y con la lluvia de ayer son puro barro, no se puede caminar. Además, estamos cerca del arroyo, es una zona que se inunda fácilmente. En esta villa hay pasillos angostos, en algunas casas no hay alambrados, no todos tienen un terreno definido. Linyeras como yo hay muchos, también hay gente trabajadora con sus familias. Cada persona hace lo suyo, conozco a pocos y casi ni charlamos, porque todos trabajan y a mí no me conversan, tampoco me gusta que se me acerquen, soy muy solitario.

No voy a salir a cartonear, me quedo a preparar el chango con cosas para venderle al chatarrero. Tengo un montón de botellas de plástico para vender, las aplasto y las coloco en el changuito. Junto también unos diarios y algunas baterías de autos usadas. Las quiero vender así me dan unos pesos, calculo que al venderlo me darán, al menos 300 pesos. Eso me alcanza para comer algo y comprar algún cigarrillo.

 El dolor de cabeza se esta yendo, pero aún tengo fiebre, pero no me siento tan mal. Asi que salgo con el changuito al chatarrero. Flaco me sigue, me pide comida. Lo único que tengo son unos pancitos viejos de ayer. Se lo tiro al piso y él se los come de una, aunque se hayan ensuciado con barro. Siento que me dice gracias y me pide otro. Yo nunca lo había sentido así. Le digo que no tengo más, entonces él se va a caminar no muy lejos, lo veo que está oliendo en los arbustos, pero no está enojado, lo escucho alegre. Me apuro, porque a las doce el que compra chatarra, cierra. Y si no puedo vender las botellas no voy a tener plata para comprar comida. Lo llamo al flaco para que me acompañe, el viene corriendo, moviendo la cola, viene feliz.

Vamos por la calle, no hay mucha gente por el frio, y además está lloviznando. Cuando llego al chatarrero, escucho al dueño decir.

-uf este viejo mugriento-

-ni que esto fuese un lujo- le digo, el me mira con mala cara.

-Yo no le dije nada- me contesta.

Quedo confundido, lo miro y le pido disculpas. Le digo que quiero vender las botellas, el diario y las baterías. El pesa las cosas, y le da que son 8 quilos en total. Me da 200 pesos, pensé que iba a ser más, pero eso me alcanza. De repente, siento que el tipo me dice

-ándate viejo sucio, que tienes mal olor- pero me doy cuenta de que de su boca no salían palabras.

-Si- le digo. Ya me voy a comer algo.

Salgo y cruzo al frente, ahí hay un quiosco. Miro que el flaco esté cerca de mí.

-¿qué vamos a comer? - me pregunta.

-algo, no sé todavía- creo que le entiendo. El perro solamente me ladra, pero yo le entiendo lo que me dice.

    Vamos al negocio del frente, la chica que nos atiende nos conoce de hace años.

-¿Como está? - es una de las pocas personas que nos sonríe

-Bien-. Le contesto.

-que lastima me da el perro, está muy flaco.- no movió sus labios, ella lo pensó.

-con el sanwich, que voy a comprar, se le va un poco lo flaco.- le digo

Ella se sorprende, porque no había movido los labios, yo también me sorprendo, porque me di cuenta de que le contesté antes de tiempo.

-te lo compro, hoy tengo algunas monedas. - le digo.

Pero ella insiste y me lo regala. Al retirarme me doy cuenta de que, por dentro, dice que me dé un baño. Le iba a contestar, pero no quiero pelearme con ella, porque siempre fue buena conmigo.

Creo que me estoy volviendo loco, estoy un poco mareado hoy. Le digo al flaco que nos sentemos en la plaza para poder comer el sanguche tranquilos. Mientras nos dirigimos a la plaza veo que en una esquina hay bolsas para revisar tal vez haya algo que nos sirva.

Mientras reviso, pasa una chica y dice ^que asco^. Yo le contesto que estoy trabajando, me dice que ella no dijo nada, además me dice ^viejo loco^, pero eso lo veo con mis ojos. Yo no le digo más nada porque es una chica. De la bolsa saco un par de botellas de plástico y unas latas, mañana las venderé.

En la plaza hay chicos jugando, algunos recién salen del colegio, llevan sus mochilas. Otros van pateando una pelota. Van a jugar un rato, luego almorzarán algo rico en sus casas. Los veo y quisiera tener esa alegría, tener una casa, sin preocuparme por que voy a comer.

Con el flaco estamos sentados, él en el piso y yo en el banco. Veo a las madres que murmullan, sé que me temen por mí apariencia. Las miro un poco más fijo y empiezo a escuchar lo que dicen, no las puedo escuchar claramente porque están muy lejos de mí.

Las madres les dicen a los chicos que no se acerquen al flaco, piensan que los puede morder. Les digo que flaco es buenísimo, no muerde. Una de las mujeres piensa que debo ser un loco y se lleva al nene del lugar.

-¿Que dijo usted señora?. - le digo a una que me dijo mugriento.

-No le dije nada. - me contestó y se va caminando muy rápido.

Le contesto que nunca le hice mal a nadie. Otra mamá también se lleva de la plaza a su nene . Mi perro me mira, pone sus patas sobre mi pecho, me dice que me tranquilice. ¿Me estaré volviendo loco?, ¿mi amigo me habla?. Lo miro y me siento nuevamente para terminar de comer, él se tira sobre mis pies, eso me tranquiliza.

Me siento mal y triste, porque sé lo que la gente piensa de mí. Estoy nervioso, ansioso, quiero volver a casa a descansar. Me levanto, agarro mi changuito y voy para la villa. Flaco me sonríe, me dice, que él me quiere. Le contesto cállate perro tonto, pero igual el me sigue moviendo la cola.

Voy con mi chango y mi perro por la ciudad, escucho a la gente hablar, pero sin mover los labios. Camino rápido, quiero estar en mi casilla y poder descansar. En mi cabeza escucho un murmullo, escucho lo que dice la gente, aunque no piensen en mí. Algunos pensamientos son aterradores, ojala nunca piense asi.

Me tranquilizo un poco ya cuando estamos más afuera del centro de la ciudad porque hay menos gente, es una zona más barrial, con calles de cemento pero que no transitan autos.

El flaco se adelanta un poco, porque hay un montón de perros jugando en la esquina. Él se fue a jugar con ellos, es como un niño, puede estar flaco, pero sigue siendo un animal ágil. Solamente se quiere divertir, los perros, se divierten ellos no tienen preocupaciones, no discriminan, los veo felices, los siento felices.

Me siento en el cordón de la calle,espero que flaco se divierta un poco y despúes seguimos camino. Pongo el changuito que me acompaña al costado para que no estorbe la calle. Pasa un hombre y escucho lo que dice. Siempre lo mismo, que huelo mal, que soy feo, que me tienen miedo, pero ya no les hago caso.

-¡Que olor tiene este mugriento!-, dice una mujer.

-Tengo olor porque no tengo casa para bañarme, además señora yo a usted no la molesto.-

-A quien le contestas si nadie te dijo nada-. Para mí la señora me había dicho algo.

Me pongo triste, para mí el único que me entiende es el flaco, lo veo que se siente feliz. El está jugando con los otros perros, seguramente ninguno de esos perros les dice que está sucio. Ellos no son como nosotros, ellos son perros y listo, no se discriminan.

Pasan dos chicos y se cruzan al frente, les digo que no tengan miedo, que no les voy hacer daño. No sé qué me está pasando, ¿estaré enfermo? Tal vez sea la edad, tengo 63, además hace mucho que estoy solo. ¿Me estaré volviendo loco?

Me saco los guantes para ponerlos en el changuito, veo que en mi dedo anular está el anillo, me da bronca tenerlo, tal vez es esto lo que me está volviendo loco.

Me lo quiero sacar, pero está muy encarnado. Me doy cuenta de que el anillo es lo único que me ha cambiado en estos días, sin el anillo capas que vuelva todo a la normalidad. Quiero ir a mi casa, lo llamo al flaco pero no me escucha está jugando con los otros perros. Intento sacarme el anillo, pero no puedo, ya no quiero escuchar lo que la gente dice. Lo llamo al flaco, pero no me presta atención, le grito. Está jugando con sus pares, yo del otro lado de la calle lo llamo, pero está muy distraído. Le grito, con todas mis fuerzas, en ese momento pasa una señora gorda arrugada y vieja.

-Encima de sucio, loco. - lo dice de una forma muy despreciable

-Cállese señora que con usted no estoy hablando-.

-cállese usted que yo no le dije, nada. -

-sí, pero lo pensó. - le dije.

Le grito otra vez al flaco y viene corriendo, viene feliz con los ojos saltones y con la lengua para afuera. Estoy aturdido, cansado y enojado, entonces no veo que viene un auto. Le quiero avisar a mi perro que se detenga. El conductor quiere frenar, pero no puede. Mi amigo se asusta y queda paralizado, no puede terminar de cruzar la calle. El auto choca a flaco, a mi compañero de ruta, no era un perro común, era lo más preciado que he tenido en años. Me acerco a ayudarlo, pero no puedo hacer nada. No puedo ayudar al único que no le importa si estoy sucio o cansado, el que siempre está feliz conmigo. El conductor baja del auto,quiere ayudarme, pero es tarde, no se puede hacer nada.

Puedo escuchar a mi perro, aunque de su boca no saliera nada, su vos es triste, es calma. Él se despide.

-Te quiero.- me dice.

-yo también te quiero.- le digo.

 Puedo escuchar el pensamiento del conductor, el también siento dolor por haber chocado a mi perro. En ese momento él no se fijó en mi aspecto, ni en mi olor, me pide perdón. El siente lastima por mí, siente tristeza, porque él también quiere a los perros.

Muchas personas, se van acercando, yo escucho lo que piensan, muchos sienten lastima por mi amigo y por mí. Abrazo al flaco con mucho amor, estoy llorando, ya no lo puedo escuchar, mi amigo se ha ido.

Una persona me ayuda a levantarme del pavimento, yo no suelto a flaco. Le digo al chófer que se vaya que no se preocupe. Muchos ofrecen su ayuda, en este momento me doy cuenta que dentro de sus pensamientos, hay un poco de amor, pero lo demuestran en un momento triste. A todos les digo gracias, pero yo quiero estar solo con mi amigo. Lo pongo dentro del chango y lo llevo a nuestra casa.

 Lo enterré cerca de la casilla y con el anillo que me hacía escuchar los pensamientos de los demás, este anillo me mostró que la gente puede verte de una forma y pensar de otra, pero solamente unos pocos te quieren de verdad.

El milagro de juan

Juan era un chico normal, eso decían sus padres, pero nació a los 7 meses, estuvo 15 semanas en la incubadora para que pudiera crecer y ganar peso. A los 5 años no había dicho palabra, tampoco tenía una movilidad de sus extremidades como los chicos de su edad. Sus padres con gran esfuerzo lo llevaron a varios especialistas, para que el nene pudiera desarrollar su intelecto y motricidad. Ninguno de los especialistas le encontró la cura o recetarle un medicamento para que Juan sea alguien normal.

 El nene no pudo ingresar a un jardín común tuvo que ir a uno especial. Donde estaba acompañado por chicos con discapacidades como las de él. Tenía autismo o algo parecido, pero en esos años la medicina no estaba tan desarrollada como en estos días. Los médicos no sabían darles a sus padres un diagnostico preciso.

Juan tenía rasgos en la cara de su madre y un poco del padre. Era más alto que los chicos de su edad y muy flaco. Su madre dejó de trabajar para dedicarse a él por completo, su padre era camionero, hacia viajes largos dentro y fuera del país.

Recién cuando cumplió 6 años empezó a decir frases cortas, pero eran incoherentes, no era de hablar mucho. Tampoco sabía los números, le costaba estar con otras personas que no fueran sus padres. Nunca había salido sin su madre, no sabía ir a la esquina solo, no tenía amigos, era muy recluido y su madre lo sobre protegía.

Aun así, con todas sus dificultades, tenía aptitudes que lo diferenciaban de los demás niños.   El presentía cuando iba a llover, se ponía una campera roja que era su favorita. Sabia con anticipación si alguien iba a llegar de visita a su casa, él se ponía molesto si la persona que estaba llegando no era de su agrado. Tampoco dormía mucho, algunos días era hiper activo. Un gusto raro que tenía era dejar encendida la tele por horas, aunque él no la veía. Si alguien trataba de apagarla, él empezaba a gritar.

Un día, era la 5 de la tarde, se puso delante de la tele. Lo único que estaba era la señal con interferencia, la que se muestra cuando no hay programación. El la miraba fijamente y empezó a decir frases inteligibles, su madre se acercó y puso el canal de dibujos animados. El miró un poco ese canal, pero al poco tiempo lo cambió por la señal de interferencia, su madre ya lo conocía y le restó importancia. Juan estaba entusiasmado viendo ese canal, parecía que estaba conversando con alguien, no se le entendía lo que decía, era un balbuceo, pero él estaba contento. La madre lo miró y lo dejó que siguiera hablando solo. Ella pensó que el nene estaba jugando, pero le sorprendió su forma de gesticular y balbucear. Juan era más de quedarse en silencio y sin hacer movimientos. El nene dejó de ver la tele y fue al patio trasero, se puso a mirar a los árboles, al cielo. Parecía buscar algo, al no encontrarlo se puso muy nervioso y empezó a gritar. La madre salió, lo abrazó hasta que lo pudo calmar. Él tenía estos ataques de vez en cuando, eran normales por la condición que tenía.

Su madre le preguntó si estaba bien, pero Juan lo único que hizo fue mover la cabeza. Entonces lo llevó a su habitación y lo acostó en su cama, durmió bastantes horas. Mientras dormía, decía cosas que no eran coherentes y transpiraba. La mamá le tomó la temperatura, pero Juan no tenía fiebre. A la hora el nene pudo descansar mejor, ya no decía nada y estaba más tranquilo.

Al otro día Juan estaba más despierto, más inquieto parecía que estaba más versátil, pero seguía teniendo momentos de autismo. Después de desayunar se quedó horas delante del canal con interferencia, no había señal, pero él había quedado hipnotizado.

A tarde la madre lo hizo dormir una siesta, para que estuviera un poco más relajado, durmió un poco más de una hora, pero se había obsesionado con la tele, no le sacaba mirada de ella, siempre ponía la vista al canal. Su madre se cansó y desenchufo la tele, Juan se puso a llorar. No paraba de gritar y moverse frenéticamente, se revolcaba por el piso. Estuvo toda la tarde así hasta que de repente él solo fue al patio de la casa y se sentó a mirar al cielo y se tranquilizó.

Al día siguiente la madre lo llevó al médico, el que siempre lo atendió, este lo revisó y no encontró nada raro, el nene no tenía ningún síntoma o dolencia. Al terminar la consulta, el medico le recomendó a la madre que lo llevara a un especialista neurológico. Ese mismo día al niño le hicieron varios estudios y exámenes. Cuando el neurólogo lo vio, no encontró nada nuevo, era los mismos síntomas de siempre. El médico le dijo a la madre que tal vez tuvo una crisis de nervios, que eso pasa cada tanto. Ella no se fue conforme, para ella algo estaba pasando y no era alguna circunstancia médica. El diagnostico que le dieron era el mismo que le dieron hace años atrás, Juan era autista. El nene había sido llevado a varios especialistas desde bebé. Le habían encontrado un problema en la estructura cerebral, un quiste en el medio del cerebro. No lo podían operar porque podrían dañar el cerebro y Juan quedaría peor.

Al llegar a la casa, lo primero que hizo el nene fue prender la tele y poner la señal de interferencia. La madre se enojó, quiso apagar la tele. Juan empezó a agitarse y a gritar, para que el nene se quedara tranquilo, ella decidió que vea tele un rato mas.

A las seis de la tarde el chico, salió al patio y se sentó en un sillón que estaba en la galería al frente del jardín. Su mamá lo miraba desde la ventana de su habitación. Él parecía cansado y se quedó dormido en el sillón. La madre lo llevó a la cama y lo acostó. Durmió hasta las diez de las noche, se despertó solo y le pidió a su mamá algo para comer. ella le hizo unos fideos, él estaba tranquilo no estaba impaciente, tampoco prendió la tele.
-Te quiero mucho ma.- dijo. Él nunca había hablado tan claro antes.
La madre no podía creer lo que había escuchado, estaban los dos sentados cenando y de repente su hijo que nunca había dicho algo coherente había hablado.
  Después de esto no dijo más nada, terminó su plato y prendió la tele un rato, ella no le dijo más nada tampoco, estaba sorprendida. No quiso molestarlo ni tampoco preguntarle como pudo hablar.
Al rato ella limpió los platos, ordenó un poco y fueron a dormir.

En la mañana la madre esperaba la llamada de su marido, él se encontraba de viaje. Era camionero de una empresa de transporte de cargas. Se dedicaba a hacer viajes de larga distancia, muchas veces estaban meses sin verse. Él cuándo paraba en alguna estación de servicio la llamaba para saber cómo estaba Juan. Ella ponía al nene en el teléfono para que escuchara la voz de su papá. En esos días no había recibido ningún llamado, ella quería contarle a su esposo lo que le estaba sucedía. Estaba, ansiosa, extrañaba mucho a su marido, quería contarle que su hijo había hablado por primera vez.
Al no tener ningún llamado hasta el mediodía se encerró un rato en su habitación y lloró. Entró juan y le dijo a la madre
- Papi ya no está con nosotros. - abrazó a su madre.
-¿Como que no está con nosotros?.- ella no entendía.
- Él está bien. - le dijo tranquilamente.
Ella no sabía que hacer o como responder, le era difícil hablar con su hijo que nunca había dicho palabra. Lo abrazó y se quedaron sin decir palabras por un rato.
Ambos salieron al patio hasta la hora del almuerzo. Mientras ella cocinaba él miraba los dibujos animados . Ella seguía pensando en su marido, se sentía triste y sorprendida, le costaba mucho entender a su hijo, además se sentía sola.
Después de almorzar Juan se levantó, se lavó los dientes y se puso a ver la tele en el canal con interferencia. Mientras miraba hacía unas señas con sus manos, hablaba con palabras inteligibles, parecía muy interesado y angustiado. Apagó la tele, fue a su cuarto y se acostó el solo, sin la ayuda de su madre.
  Ella vio como su hijo de un día para el otro era más independiente, la ponía feliz este cambio, pero no sabía el porqué. Cada tanto vigilaba que Juan estuviese durmiendo bien sin sobresaltos. Hasta las 17hs durmió el nene y se levantó, la tarde estaba fría. Él solo se puso las pantuflas y un pulóver. Le pidió a su mamá algo para merendar, tenía hambre. Ella se puso contenta, era la primera vez que él le pedía algo para merendar, además se lo había dicho. La madre le preparó un café y pan tostado.

Ella lo miraba atentamente, sorprendida, por los cambios que tenía el niño.

- ¿Cómo te sentís? - ella quería saber que estaba pasando.

-Estoy bien, ahora puedo entender. - él le contesto, pero miró hacia abajo.

-Yo te quiero. - le dijo juan a su mamá.

La madre, se puso a llorar por felicidad, podía tener una conversación con su hijo después de casi 7 años de vida.

- ¿Por qué antes no hablabas? -.

Él le contestó que antes no tenía toda la capacidad de entender, que sentía dolores, que su mente se nublaba, su mente era caos.

- ¿Quién te habla por la tele? -La madre le preguntó ansiosa, estaba sintiendo miedo.

-No sé, pero es parecido a papá.- en su cara había una lagrima.

- ¿Por qué lloras? - su mama preguntó.

-Extraño a mi papá.-

La conversación se terminó en ese momento, ambos extrañaban, estaban tristes. Terminaron de merendar, y algo de la tristeza había desaparecido. Ella quería seguir hablando con su hijo, pero no quería molestarlo.

Juan se levantó, limpio su tasa, prendió la tele y estuvo hasta las 19hs viendo la interferencia. Su mamá se sentía confundida, no sabía qué hacer a quien llamar, los médicos no le habían dado una respuesta y su esposo no llamaba por teléfono.

Juan dejó de ver la tele y tomó de la mano a su mamá, le dijo que quería salir.

Entonces la madre apagó la tele y salieron a caminar por la plaza. Estuvieron en la plaza jugando una hora, ellos estaban contentos, el nene pudo jugar con otros chicos, su mamá sentía el cambio con mucha felicidad.

A la noche cuando estaban en su casa, la madre quería saber porque no la dejo ver la tele.

Juan le dijo que le había pasado algo a su papá.

- ¿qué le pasó a tu papa Juan? - ella le preguntó llorando.

Juan le dijo que había tenido un accidente, que no había sufrido, se quedó dormido, por eso no sabía que le sucedió.

 A la noche la madre de juan recibió una llamada de un comisario de una provincia, avisándole que su esposo había tenido un accidente hace unos días y que había fallecido.

Ella lloró, Juan se le quedó cerca, le dijo que no se preocupara que su papa pudo despedirse de él.

- ¿Como tu papá se despidió de ti? -

-Él se apareció en la tele, me dijo que tenía que enseñarme hablar.- el nene se puso a llorar.

-Mi papá quería que me pudiera comunicar con vos, porque el ya no iba estar con nosotros.

Él quería que yo te cuidara, como vos lo cuidaste a él. Él quería que te digiera que él te amaba, pero no pudo decírtelo. Él pudo enseñarme a estar con vos estos días, ya no va a estar más con nosotros.- el nene no dejaba de llorar.

Ambos se abrazaron.

-No te preocupes Juan, yo te voy a cuidar. - la madre lo apretó fuerte y besó.

Al pasar los años, juan siguió teniendo un grado de autismo, pero pudo ser un chico común, ya no tenía ataques y podía comunicarse normalmente. La madre nunca más le preguntó como hizo su papa para enseñarle a hablar.

El perro maldito

Vivo en mi humilde casilla con mi familia. Somos 4 personas, mi esposa, mis dos chicos y yo. El nene tiene 8 y la nena 6. Yo tengo 35 y mi esposa 34. Mi casilla no es muy grande, pero tenemos todo para vivir bien.

En las noches de esta villa se escuchan ruidos, algunas veces aullidos, otros gritos. Pero ya es tan normal, que no les hago caso. Todas las noches nos preparamos para cualquier cosa que suceda. Cierro todas las puertas con cadenas, ademas tengo un cuchillo de carnicero para proteger a mi familia. Me han querido robar varias veces y entrar a casa. Una vez pude acuchillar a un ladrón, no lo maté porque no quise.

En esta villa hay mucha gente trabajadora, gente de bien que no se mete con los demás. Luego están los que quieren ser ladrones, los que quieren la vida fácil. Esta villa es el lugar donde puedes hacerte una casilla para vivir con tu familia y pasar las noches bajo un techo. No es el mejor lugar para tener una familia, pero es donde estoy. No conozco a todos los vecinos, siempre hay gente que viene y otra que se va, pero saben que en la villa hay códigos que se deben cumplir, uno de ellos es no robarse entre vecinos, el otro es ayudarse. Lo que te voy a contar pasó hace poco, yo aun tengo miedo a que vuelva a pasar.

Una noche escuché que se estaban peleando los perros en la calle. No paraban de ladrar, estaban muy agitados. Hasta que uno de dio un grito aterrador, estaba siendo lastimado. Los demás perros gritaban asustados, luego se escucharon otros aullidos y un gran ladrido. Mi mujer se asustó y tomó un cuchillo de la cocina, yo agarré el mio. Miré por la ventana, vi un perro grande que se estaba comiendo a otro, no quise salir, me dio miedo. El vecino del frente disparó con un revolver varias veces. Pude ver como algunas balas le dieron en el lomo al gran perro. Pero el animal se fue corriendo, como si no fuese sido lastimado. Luego de esto, los perros se fueron y no se escuchó mas nada.

A la mañana cuando me levanté para ir al trabajo, escuché el grito de una chica. Salí de casa para ayudarla, pensé que la querían atacar. Vi que era una nena que estaba yendo al colegio. Ella vio al perro que destrozaron a la noche, se asustó y gritó. Enseguida la madre salió ayudarla y la metió en su casa. Yo nunca haba visto un perro tan destrozado, estaba partido en varias partes y esparcido por la calle.

A esa hora sale de la villa mucha gente a trabajar, también es la hora en la que los chicos van al colegio. Muchos vecinos escucharon el grito de la chica y salieron a la calle. Todos vimos cómo había quedado el perro esparcido en la calle, pero la vida continua y muchos no le dieron importancia.

Mi vecino, el que le disparó al gran perro a la noche, me dijo que el lobezno hizo esto. Él le tiró un par de tiros, estaba seguro que lo había herido. Yo mismo vi por la ventana esos disparos, pero el perro no cayó, se fue corriendo. Y como estaba oscuro no alcancé a ver qué tan grande era.

Era la 730 de la mañana y tenia que ir a trabajar, si no me apuraba llegaría tarde. No quería perder el premio por presentismo. Yo ganaba poco, por lo menos me servía para poder comprar comida y poder mantener a la familia. Entré a casa, me cambié. Saludé a mi esposa que estaba preparando a los chicos para que vayan al colegio, los saludé a ellos y salí con mi bicicleta hacia el trabajo. No le di mucha importancia a lo que sucedió esa noche, para mí fue una pelea de perros, que eran muy habituales. Vi al perro destrozado que quedó en la calle, me dio pena, pero no tenía tiempo de enterrarlo.

Ese día el sol salió a la 8hs, era un día normal de invierno en la villa. En la calle estaban los chicos que entraban a la escuela y gente yendo a trabajar. Llegué un poco más temprano al trabajo, tomé un café y luego empecé a trabajar como todos los días.

En la fábrica era operario de Clark, levantaba pallets con bidones de químicos para pintura, era un trabajo muy tedioso porque en el verano hacía mucho calor y en el invierno sufrías el frio. Mi lugar

de trabajo era en el depósito, era un lugar grande con puertas anchas para que entren camiones.
 Ese día en el descanso les conté a mis compañeros lo que había pasado a la noche, uno de ellos también había visto algo parecido la semana anterior cerca de su casa. Él había visto la cabeza de un gato en la calle y el cuerpo de un perro destrozado. También habían escuchado gritos de un gran perro. Pero él no lo pudo ver porque fue a la noche y todo había pasado muy rápido. Además, mi compañero no quiso salir de su casa, le dio miedo los aullidos y no tenia un arma para defenderse.
 A la tarde cuando llegué a mi casa, estaban mis chicos viendo la televisión, mi mujer me estaba esperando preparando unos mates en la cocina. Le pregunté qué había pasado con el perro descuartizado, me dijo que lo juntó el vecino del frente y lo tiró al camión de la basura. Mi esposa a la mañana había hablado con algunos vecinos sobre lo que estaba pasando en la villa. Una vecina que vive cerca del arroyo, le dijo que la noche anterior, un perro había entrado patio y le había matado a todas las gallinas que criaba. Para mi, eso era más común, que un perro se devore a otro. Pero para mi esposa, era el mismo perro que vi a la noche. Para ella era el lobezno, para mi, la historia del lobezno era un cuento de viejos para asustar a chicos, que se cuenta desde que tengo memoria.
A la 7hs de la tarde acompañé a mi mujer a comprar al almacén. Era tarde y estaba oscuro, no quería que saliera sola a esa hora. Aunque había gente en la calle, el ambiente no era seguro. Cuando íbamos para el almacén, al lado de nosotros caminaban algunos perros. Estaban flacos y con sarna, pero no eran como el de anoche. Habíamos dejado a los chicos solos, pero les dije que no le abrieran la puerta a nadie. Ellos sabían que no tardaríamos mucho, se quedaron viendo la tele y haciendo la tarea del colegio.

 Con el almacenero siempre hablábamos de fútbol, él era de River y yo de Boca. Nos hicimos chistes, porque ya nos conocíamos de años y teníamos confianza. Antes de irnos, él nos sugirió que cerremos todas las puertas de la casa porque a él le habían entrado unos perros y mataron al suyo. Le conté que a la noche había pasado lo mismo frente de casa. El me dijo que era el lobezno que había regresado. El almacenero me miró fijamente y me contó que ese mismo perro hace muchos años había estado en el barrio. Habían sucedido cosas extrañas, aparecieron animales muertos, también personas. En esa época no había tanta gente en la villa como ahora, eran pocos y se conocían. Entonces los vecinos se juntaron para atrapar al lobezno. Lo pudieron acorralar y lo lastimaron mucho pero no lo pudieron matar. Aunque le habían pegado varios tiros, el perro se escapó, estuvo muchos años sin aparecer hasta ahora.
Cuando regresamos a casa, mi esposa empezó a cocinar, yo empecé a trabar las ventanas y puertas. Tenía miedo, no quería que el perro entrara a casa. Cuando terminé de trabar las puertas, cenamos todos juntos, luego los chicos se acostaron a dormir.
Hablé con mi esposa sobre el lobezno, ella estaba preocupada, me decía que tenia que tener cuidado. Para mi el almacenero exageró un poco y lo que sucedió en la noche había sido un perro rabioso.

Eran casi las tres de la mañana cuando me desperté por los gritos de los perros, se escuchaban lejos, no eran de esta cuadra. Era tal el alboroto, que los chicos se despertaron, mi esposa también. Ella les dijo que no se levantaran, que se quedaran en la cama acostados. Me levanté y agarré el cuchillo que tenia preparado bajo la cama. Se escucharon varios tiros, luego se escucharon otros más, pero más lejos. Después de un rato ya no se escuchó más nada. Miré por la ventana, parecía todo tranquilo, no vi nada raro. Los chicos se durmieron, yo también me acosté. Mi esposa me tranquilizó un poco y dormí hasta que sonó el despertador para ir a trabajar.
En el trabajo, el tema de conversación era el gran perro. Comenté lo que había pasado en estas noches. Algunos de mis compañeros también lo habían visto, uno lo vio parado, como si fuese un humano. Estuvimos todo el día hablando del lobezno, ya algunos se lo tomaban a broma, se hacían bromas entre ellos.
 Cuando salí de trabajar, fui a la casa del almacenero para armar un grupo de vecinos para cazar al lobezno. Él ya había participado en una emboscada hace años. Creí que podría ayudarme, pero se

negó. Me dijo que estaba viejo, ya no tenía las fuerzas para perseguir espíritus malignos. Me aconsejó que me juntara con los vecinos más jóvenes de la cuadra, y que nos armáramos.

Claudio era el vecino que le había disparado al gran perro la primera noche en que apareció, él tiene armas, era un ladrón. No es de mi confianza, pero es el que me puede ayudar a matar a la bestia. Fui a su casa y hablamos, primero no quería saber nada en prestarme un arma, pero él también tenía la idea de matar al lobezno.
 Él podía conseguir gente armada para hacer la cacería. Conocía a matones, gente acostumbrada a usar armas, ladrones y asesinos.
Esa misma noche había juntado a 3 personas mas, éramos en total 5. Ocupamos una casilla de la cuadra que estaba abandonada. pusieron de cebo a una oveja atada en el patio para atraer al lobezno. Cuando apareciera nosotros le dispararíamos desde adentro. A mí me dieron un revolver, algunos tenían escopetas y otro una pistola.
 Pasaron algunas horas y no había señales del lobezno. La noche era oscura, caía rocío y hacia frio, era una noche de invierno. Yo tenía sueño y los demás estaban cansados de esperar. A las tres de la mañana apareció el gran perro, era grande, más grande que un lobo. Había saltado fácilmente el tejido que dividía la calle con el patio de la casilla. Se acercó a la oveja y se puso de pie. Cuando vimos el tamaño de la bestia, todos los que estábamos dentro de la casilla empezamos a tener miedo, algunos temblaban. Claudio fue el mas corajudo, preparó su escopeta y le fue a disparar al lobezno. Luego los demás hicieron lo mismo. Yo apenas sabia tomar el revolver que me dieron, me temblaban las manos.
El gran perro le dio un zarpazo a la oveja, le sacó la cabeza. Claudio y otro dispararon las escopetas, el perro no los sintió porque estaba devorando a la oveja. Le dieron dos tiros en el lomo. El lobezno quedó tirado a un costado, pero seguía vivo. Se pudo parar rápidamente y trató de escapar. Claudio le disparó otra vez y le dio en una pata. Yo quise disparar, pero temblaba tanto que erré el tiro. El otro que tenia una escopeta le quiso dar en la cabeza pero el perro saltó hacia la calle. Parecía que los balazos no le hacían nada. Los que tenían las escopetas habían recargado y trataron de dispararle otra vez, pero con la oscuridad de la noche y la falta de luz, la bestia se había ido entre los pasillos de la villa. Había dejado una huella de sangre en la calle, quisimos seguirla, no pudimos. No podíamos ver casi nada, estaba oscuro y el frio nos hacía temblar, también el miedo. Los disparos despertaron a los vecinos de la cuadra, los perros aullaban. Había mucho ruido y miedo en la noche, mas aun sabiendo que el lobezno seguía con vida.
Claudio y dos más trataron de seguirlo, estuvieron hasta que salió el sol. Lo buscaron por la villa y cerca del arroyo, pero no lo encontraron. Yo me quedé en la cuadra vigilando con otro por las dudas que apareciera otra vez. Pero al amanecer cuando Claudio regresó y no tenia noticias, nos fuimos a nuestras casas. Me costó dormir esa mañana, no podía creer lo que vi. Pude ver cómo era el perro, mas grande que yo, era como lo había contado el almacenero.

Pasaron unos días y no se escuchaba más nada extraño por las noches. Igualmente cerraba todas las puertas y ventanas con cadenas. Yo sabía que el lobezno no había muerto, estaba mal herido.
Una tarde cuando terminamos de comprar con mi esposa y regresamos a mi casa, estaban los chicos viendo la tele, ellos algunas veces preguntaban por el perro, pero les decíamos que ya no volvería.
Mi esposa se puso a cocinar, yo me quedé con los chicos mirando la tele. Después de cenar recordé lo que me dijo el almacenero, que el lobezno iba a volver a aparecer. Cerré las puertas con llave, trabé bien las ventanas y al portón de entrada le puse una cadena para que nadie entrara. Esa noche dormí preocupado, pero fue una noche tranquila, una noche fría, no hubo ruidos.
 En la mañana se sentía aún más el frio, mi esposa se levantó temprano, les hizo un mate cocido a los chicos y los preparó para ir al colegio. Yo me cambié para ir al trabajo, pero como todavía no había salido el sol, acompañé a mis hijos al colegio. Había gente en la calle, chicos que iban al colegio, era un día normal.
En la fábrica, uno de mis compañeros no había ido a trabajar. Algunos dijeron que había sido mordido por un perro y que casi había perdido la pierna por la infección que le dejó la mordida.

Esa misma tarde fui a verlo, su mujer había llamado a la ambulancia, porque mi compañero había levantado fiebre y tenía mucho pus en la herida, le pregunté cuando había sido mordido, ella me dijo que el día anterior.

Él estaba llegando a su casa de trabajar cuando un perro sarnoso y escuálido lo atacó por detrás. Mi compañero iba en bici, trató de ir más rápido pero el perro lo alcanzó. Le mordió la pantorrilla izquierda y lo tiró al suelo. Luego el perro quiso morderle la cara, él empezó a gritar y trató de defenderse. Con los gritos que daba, salieron algunos vecinos a ayudarlo. Una señora le tiró al perro un ladrillo en la cabeza, otro vecino salió con un cuchillo, el perro se asustó y se fue del lugar. En la calle quedó tendido mi compañero con la pierna herida, los vecinos lo ayudaron a levantarse. El perro que lo mordió no era el lobezno, era un perro común con sarna.

No lo quise despertar porque era tarde y estaba dormido por la fiebre, además ya estaba por llegar la ambulancia. Me quedé intranquilo, fui a casa, quería saber si había pasado algo más en la villa. Lo que estaba sucediendo en la villa era serio, me preocupaba que mi familia fuese atacada por los perros o el lobezno.

Al llegar a casa, hice unos mates y cerré bien la casa. Les dije a los chicos y a mi esposa que no salieran. Tenía miedo, ademas oscurecía más temprano, hacía frio y estaba lloviznando, ya era de noche. Tenía el presentimiento que el lobezno iba a volver pronto y que iba a matar algo o alguien.

Esa noche llovía mucho, el ruido de las gotas golpeando las chapas del techo era ensordecedor. Estábamos cenando tranquilos viendo la tele, con mi mujer tratábamos de no hablar sobre el lobezno, no queríamos que los chicos tuviesen miedo. Pero ellos sabían lo que sucedía en el barrio. Sus compañeros de escuela comentaban cosas y se fueron creando leyendas. El nene me contó que se decía que el perro medía seis metros de altura y que se había comido a otros perros. La nena trataba de ser más espectacular que él, según ella el lobezno tenia dos cabezas. Yo deseaba que hubiese sido un perro rabioso grande, y que nunca mas apareciera. Pero sabía que no era así, lo vi resistir disparos, no era un perro común, era más grande que un lobo, pero tampoco era un lobo, era peor.

Eran las once de la noche, aun seguía lloviendo, esperé que los chicos se durmieran, para bañarme. Cuando estaba en el baño duchándome, se escuchó un ladrido muy fuerte, un ladrido que parecía más un grito. Se escucharon otros ladridos, era una pelea de perros, uno estaba mal herido porque aullaba de dolor. Salí de la ducha corriendo, mis chicos gritaban, estaban muy asustados. Le dije a mi esposa que no los deje solos, salí a la calle a ver qué pasaba, lo único que tenía para defenderme era un cuchillo.

Cuando salí había un olor espantoso, no se podía respirar. La lluvia y el hedor pútrido, no me dejaban ver bien en la noche. Se escuchaba el griterío de los perros, había muchos. Fui corriendo hacia donde estaban, era a dos cuadras de casa. Cuando llegué algunos perros estaban tirados en la calle, les faltaban pedazos, había sangre por todo el suelo, con la lluvia se dispersaba aún más. Además, no había muchos postes de luz, la calle estaba oscura, pero podía distinguir a el lobezno. Era muy grande, parecía sano yo no le veía las heridas de los tiros. Se paró en dos patas y tomó a un perro por el cuello y lo destrozó. Algunos perros que estaban con él, se peleaban por comer al perro que fue destrozado.

Con todo el miedo que me invadía fui a acuchillarlo. Cuando me acerqué lo suficiente, escucho a Claudio decirme que me agache. El le disparó al gran perro con un revólver y le dio en la cabeza. El lobezno salió corriendo, los demás perros que estaban con él se abalanzaron para morderme. Claudio disparó varias veces mas y mató algunos. Se me acercó y me dio un revolver. Le disparamos a esos perros y pudimos matar a varios mas, otro vecino también les disparó desde dentro de su casa y mató a otro. Salimos corriendo porque eran muchos perros y nos metimos en la casa de Claudio.

Luego de un rato pudimos salir y ver cuántos habíamos matado. Con los disparos y el ruido se habían despertado muchos vecinos. Algunos salieron de sus casas con palos y cuchillos a atacar. Con Claudio quisimos salir a buscar a él lobezno, era imposible. Las calles eran barro y todavía seguía lloviendo, preferimos dejarlo para la mañana siguiente.

En la calle habían quedado varios animales heridos, Claudio los mató para que no sufrieran más, yo fui a mi casa a ver como estaba mi familia. Los chicos estaban despiertos, la nena estaba llorando de miedo, mi esposa la estaba tranquilizando. El nene, aunque tenía miedo me preguntaba cómo era el lobezno, le dije que era hora de dormir, a la mañana hablaríamos del perro. Acosté al nene y salí para ver cómo estaba Claudio, si necesitaba algo, pero ya no estaba en la calle, él ya estaba dentro de su casa. Ya no había nadie en la calle, solamente los perros muertos. El aire estaba viciado, se olía a azufre o algo pútrido, también se olía la sangre. Entré a mi casa, cerré todo con llave y a la puerta principal le puse una mesa para que trabara, me bañé y me acosté al lado de mi mujer, estaban los chicos en la cama, esa noche dormimos todos juntos.

A la mañana, los chicos tenían miedo de salir de casa. Los entendía porque a mí también me dio miedo lo que vi a la noche. Entonces no los mandé al colegio, se quedaron durmiendo un rato más, tampoco mi esposa se levantó. Me hice un mate cocido, con galletas y salí para el trabajo. Estaba lloviznando, ventoso, ademas muy frio, todavía se sentía el olor a muerte en la calle. Pero la vida en la villa seguía, algunos chicos iban para el colegio y gente que iba a trabajar como yo.

Cuando salí del trabajo, fui a ver a Claudio, el me dijo que a la mañana, salió con su hermano a buscar al lobezno. Quiso seguir unas huellas, pero en el arroyo desaparecían. No tenia forma de saber si el lobezno cruzó el arroyo o se fue hacia otro lado. Me preguntó si yo anoche había sentido el olor repugnante del perro. Si, le dije, pero para mi no era olor del perro, sino de donde venía el animal. Luego me comentó que con la ayuda de algunos vecinos enterraron a los perros que habían quedado esparcidos en la calle. Los cadáveres y restos fueron enterrados unas cuadras más lejos, donde había un descampado. También me dijo que la gente tenia miedo, varios vecinos no mandaron a sus hijos al colegio y la gente grande no quería salir de sus casas. Yo quería dar caza al lobezno para que haya tranquilidad en la villa.

Esa noche Claudio y su hermano Andrés se armaron para matar al lobezno, les pregunté cómo iban hacer. Andrés no dio muchas vueltas, me miró y cargó una pistola. Claudio cargo su escopeta y lleno una mochila con cartuchos. Aparte de ellos iba un amigo suyo, es conocido como Tiza, un vendedor de drogas. Me ofrecieron ir con ellos, yo dudé, pero pensé en mis hijos y les dije que sí, esa noche saldría con ellos.

Regresé a casa y le dije a mi esposa lo que había planeado Claudio, a ella no le gustó para nada, tenía miedo de que me pase algo. Yo la entendí, pero también había que acabar con el perro de una vez. Le dije que antes del anochecer se quedara en la casa con los chicos y que cerrara las puertas y que no salgan.

Esa noche, a la 11hs, nos juntamos con Claudio, su hermano y ¨tiza¨. El barrio estaba tranquilo, no se escuchaban ruidos, solamente el soplido del viento. A mí me dieron un revolver con 6 balas, Claudio y Andrés, llevaban escopetas, y ¨tiza¨ dos revólveres. Recorrimos las calles hasta la 1 de la mañana tranquilamente, lo único que molestaba era el frio y el viento que golpeaba sobre nuestras caras. A las 3 de la mañana, escuchamos unos perros ladrando, estaban a tres cuadras de nosotros, fuimos corriendo. Yo estaba exaltado mi corazón palpitaba muy rápido, el más nervioso era Andrés. Tiza y Claudio, estaban sobre exaltados, estaban contentos, ellos querían matar perros.

Íbamos corriendo, cuando estuvimos cerca de donde provenían los ladridos, vimos que era dentro de una pequeña casilla. Afuera también había perros, Tiza le disparó a uno y lo mató. Con el ruido del disparo, los perros empezaron a escaparse. Salió de dentro de la casilla el lobezno. Le disparamos, pero no le pudimos dar, estaba muy oscuro y el gran perro era muy rápido. Se escapó por unos pasillos angostos de la villa. El hermano de Claudio fue tras él, disparó varias veces pero no lo pudo dar.

Cuando entramos a la casilla, ya era tarde. Encontramos a un viejo, era vagabundo y a su perro descuartizados. Nadie de los que vivía en esa cuadra habían salido a ayudarlo. Claudio no podia creer lo que veía, él era un hombre que había visto muchas cosas, pero como esto nunca. Había un ser humano destrozado, la sangre chorreaba por toda la casilla, partes de perro por todos lados. Dejamos el lugar porque no podíamos hacer nada, tampoco iba a venir la policía, nunca viene a ayudarnos, para ellos somos lo peor de la sociedad.

Regresamos lo más rápido que pudimos a nuestras casas, sabíamos que el lobezno podía atacarnos. Yo me quedé con el revólver, Claudio y los demás fueron a su casa, iban a estar despiertos toda la noche, ahora le tenían más miedo al perro, pero ellos también querían matarlo. Al entrar a casa me esperaba mi mujer despierta, la abracé y trabé la puerta de entrada con una mesa y una silla, puse delante de las ventanas unos muebles para que taparan y no se vea nada desde afuera. Me costó mucho dormirme, tenía grabada en mi mente la imagen del viejo descuartizado.

Pasaron unos días y no se escuchaba nada del lobezno. Algunas noches salimos a buscarlo con algunos del barrio y no lo podiamos encontrar. Claudio y sus amigos salían todas las noches a cazarlo, pero no lo encontraban. Parecía que con la muerte del vagabundo se había terminado. El barrio estuvo tranquilo unas semanas, en las noches se escuchaban algún grito o algún aullido, pero no eran del lobezno. Algunas tardes cuando volvía de trabajar hablaba con tiza y Claudio, con ellos entablé una buena relación. Tomábamos mates, y algunas veces jugábamos a las cartas.
Un día, que estaba lloviznando me hizo recordar el primer día que me enfrenté al lobezno. Pareciera que ese día se repetía, yo estaba en casa viendo la tele cuando Claudio me llamó de la calle y se acercó. Lo hice entrar a casa, el me miró y me dijo que tenia un mal presentimiento, lo mismo sentía yo en ese momento, ambos teníamos miedo.
 Esa noche no se escuchó nada, pude dormir tranquilo. La lluvia golpeaba las chapas del techo de mi casilla. El frio entraba por debajo de la puerta, se podía escuchar el chillido del viento.
Me desperté a las 6 por el reloj despertador, no tenia ganas de ir a trabajar, pero si no iba, no tenia plata para comprar comida. Me hice unos mates y me cambié. Dejé que los chicos no vayan al colegio, hacia frio y estaba lloviznando, no quería que se enfermaran. A la 630hs salí para la fábrica en mi bicicleta, estaba muy nublado, había poca luz. En el camino vi a dos perros que nunca había visto, estaban llenos de sarna y muy flacos. Me detuve a ver a donde iban, pero se metieron por los pasillos y los perdí. No quise seguirlos y fui a trabajar, no quería que me mordiesen.
Ese día en la fábrica en la hora del almuerzo, charlé con mi compañero el que había sido mordido por un perro hace unas semanas atrás. Me contó que sabía de quien era ese perro. Me dijo que el perro era de un viejo que vivía cerca del arroyo. Ese viejo tenia un montón de perros y cuando salia a la calle, salían todos los perros con él, como una jauría. Había perros flaquísimos, lastimados y sarnosos. Mi compañero, sabia la historia del lobezno y para él, el gran perro salia de esa casilla.
 Al viejo del arroyo nunca lo vieron salir sin sus perros, todos esos animales lo protegían. El viejo era solitario se lo veía muy poco en la villa, yo lo había visto un par de veces, pero él nunca daba charla. Tampoco se lo veía comprar ni el almacén ni en la panadería, siempre se lo veía solamente con sus perros.
Cuando regresé a casa pensé en ir hasta el arroyo a ver al viejo de los perros. No le dije nada a mi familia, no los quería preocupar. Pero no quería ir solo entonces fui a pedirle a Claudio que me acompañe. Tomamos unos mates y arreglamos para salir al otro día al atardecer. El ya tenia preparadas las armas por si aparecía el lobezno, también se encargó de llamar a sus amigos para que nos acompañen.

Al otro día cuando fui a trabajar me junté con los compañeros del trabajo, les pregunté si podían ayudarme a ir a la casa del viejo para ver si estaba escondido el lobezno ahí. Algunos dijeron que no podían, para mi tenían miedo. Otros realmente no podían porque vivían lejos, otros ni les interesaba el lobezno. El único que me quiso ayudar era Adrián. Él tenia un Falcon y nos podía alcanzar hasta el arroyo. Si íbamos caminando, llegaríamos muy de noche y no podríamos ver nada en la oscuridad. El me dijo que me ayudaría, porque el también había escuchado al lobezno en las noches y quería saber si era realmente tan grande como decían.
Cuando salimos del trabajo fuimos con Adrian en auto a buscar a Claudio y a sus amigos. No le dije a mi esposa que íbamos para el arroyo a buscar al lobezno, porque ella se iba a preocupar y no me dejaría ir. Claudio estaba con Andrés y Tiza, estaban preparados con armas. Subieron al auto y salimos directamente para la casa del viejo que vivía cerca del arroyo. Cuando llovía intensamente ese lugar se inundaba y las calles eran intransitables, se hacían un lodazal. Era peligroso pasar con

el coche, nos podíamos quedar estancados.

El auto estaba tan descuidado que se movía para un lado y para el otro. Ademas las calles estaban tan empantanadas con la lluvia que cayó esos días que salpicaba barro dentro. Yo tenia miedo de ir y encontrarme otra vez con el lobezno. Pero también tenia ganas de terminar con esto de una vez. Adrian se notaba tenso, mas que nada porque Claudio había traído armas, ademas Tiza estaba exaltado y muy frenético. Ellos habían traído dos escopetas y un par de revólveres. Claudio nos dio a cada uno un arma, era mi segunda vez con un arma de fuego y mi compañero nunca había usado una. Ambos llevábamos unos cuchillos, pero para matar al lobezno no iban a servir de mucho. Como no teníamos mucho tiempo, Claudio explicó muy deprisa cómo debíamos disparar y recargar. Nos dio algunas balas más para los revólveres y eso fue todo. Yo me guardé las balas en el bolsillo del pantalón y acomodé el cuchillo en el cinto. Tiza llevaba una escopeta que la sabía usar, además llevaba un cuchillo más grande que el mío.

 Dejamos el auto a unas 5 cuadras del arroyo, aunque estábamos lejos se podía oler el agua estancada. Íbamos todos caminando sin decir nada, adelante estaba Claudio y atrás de el iba Tiza, ambos llevaban las escopetas ya listas para disparar. Con mi compañero íbamos atrás de ellos, con los revólveres listos. Atrás de todos iba Andrés con otra escopeta en mano.
 Estaba oscureciendo y empezaba hacer frio, el olor nauseabundo se incrementaba cada vez más al acercarnos al arroyo. Podíamos ver en las calles mucha basura y huesos de animales desparramados. Antes de llegar a la casa del viejo, había unas casillas muy precarias. Tenían techos de chapas, no tenían tejidos que las separaran. Había mucha mugre y chatarra en lo que serian sus patios. Había algunos perros que nos ladraban, pude reconocer algunos que había visto en alguna noche en la que se apareció el lobezno. Pero no había nadie, eran casillas abandonadas, solamente había perros. Cuando llegamos al final de la calle, ya no existía camino, era todo terreno mojado. Al fondo, al costado del arroyo estaba la casilla del viejo.
 Pudimos ver lo que era la casilla del viejo, estaba justo al lado del arroyo. Estábamos a una cuadra y aparecieron dos perros que nos empezaron a ladrar, estaban muy enfermos, no tenían pelos, eran puro hueso. Andrés les apuntó con la escopeta y los perros se fueron. Cuando llegamos a la casa del viejo, vimos que era una casilla muy precaria, había trapos y basura. Tenía un alambrado caído y los arboles cercanos estaban secos. Se notaba que era un lugar muy descuidado. Los perros que estaban en el lugar eran sarnosos, flacos y muy lastimados. Algunos estaban heridos y los seguían las moscas. No podíamos ver si estaba el lobezno entre ellos.
Golpeamos las manos y llamamos, pero nadie salió de la casilla. Los que tenían las escopetas, las prepararon. Yo preparé el revolver que tenía, también acomodé el cuchillo. . Tratamos de entrar, pero se nos acercaron 6 perros, nos atacaron. Tiza no dudó de pegarle un escopetazo y mató a uno. Los demás perros se enfurecieron y se nos vinieron encima. Le apunté a uno y le disparé, lo maté. Los demás perros empezaron a acercarse para modernos, no sé cuántos eran, había muchísimos. Empezamos a retroceder, eran muchos perros no les podíamos hacer frente. Le dije mi compañero que se vaya y que avise a la policía, sentí que no saldríamos vivos. El salió corriendo hacia el auto, mientras nosotros nos quedaríamos, a pelear contra los perros.

Un perro sarnoso mordió a Claudio en el brazo, él le puso un escopetazo y lo mató. Tiza le disparó a otro y también mató a ese. Al haber tanto ruido con los disparos, salió el viejo de la casa. Hizo un silbido y los perros obedecieron, fueron a su lado. Algunos nos gruñían, otros estaban coléricos, pero estaban protegiendo a su amo. El viejo muy tranquilamente nos preguntó que pasaba, miró a los perros que matamos, pero su mirada era altanera no pareció afectarle mucho. Levantó la vista y me miró a los ojos, nos dijo que nos fuéramos o sino los perros atacarían. Detrás mío, sentí como cargaban una escopeta, era Tiza que estaba apuntándole al viejo para matarlo. Los perros se pusieron muy coléricos, ellos sentían algo, no eran simples perros.
 Claudio le pidió a Tiza que baje la escopeta, Andrés hizo lo mismo. El viejo dijo algo que no le entendí y los perros retrocedieron, él se fue hacia su casilla tranquilamente, algunos perros lo

siguieron otros se quedaron vigilando. Antes que se metiera a la casilla le grité si sabía dónde estaba el el lobezno, no me contestó.

Teníamos que irnos, Claudio estaba mal herido, la mordida que recibió se estaba infectando, no podía mover el brazo y empezaba a tener fiebre. Yo estaba muy preocupado porque no teníamos auto para salir e ir al hospital. Mi compañero fue a buscar ayuda a la policía, pero no era seguro que vengan hasta acá. Entonces los 3 que quedábamos decidimos irnos antes que oscurezca.

 Estábamos regresando por la calle a donde habíamos dejado el auto. Aun quedaba un poco de luz, estaba haciendo frio y se sentía mucho el olor nauseabundo del arroyo. Adrián tendría que estar volviendo con ayuda, pero no se escuchaba el ruido del motor del auto. Teníamos que salir del lugar rápidamente, mientras regresábamos nos seguían algunos perros. Estaban a unos 50 metros detrás de nosotros, se los podía escuchar gruñir. Claudio estaba muy enfermo, venía arrastrando los pies y estaba moqueando. Tiza y Andrés lo ayudaban a caminar, lo sujetaban de los brazos, lo traían como podían.

De repente se escucharon a los perros ladrar y aullar, nos dimos vuelta y vimos al lobezno parado en dos patas a unos 30 metros de nosotros, detrás de él, había más perros. Pude ver sus ojos, eran grandes y rojos. Su cara era casi humana, su expresión era de odio, el nos quería matar

En el aire se podía oler el hedor del arroyo mas un olor pútrido a azufre, ese olor se desprendía de ese lobezno. Estaba muy furioso, vino corriendo hacia nosotros, detrás de él venían los demás perros, algunos se peleaban entre ellos, estaban todos coléricos. Empezamos a disparar le dimos a algunos. El lobezno se acercó a Tiza para matarlo, pero Andrés le pudo dar un escopetazo en el lomo. Le hizo daño, pero enseguida el animal se reincorporó. A mí me atacaron algunos perros, les disparé y pude matar a varios.

El lobezno vio que Claudio estaba mal herido y fue por el. Le dio un zarpazo para decapitarlo, pero Cludio lo pudo esquivar. Le disparé a la cabeza, pero no le pude dar de lleno, se me vino encima. Yo ya no tenía más balas entonces saqué el cuchillo, pero no iba a ser suficiente. Tiza y Andrés le dispararon varias veces, dándole en las patas y uno disparo en el cuello. Ellos con las escopetas pudieron matar a muchos perros, pero tampoco tenían tantas balas.

Tiza y Andrés tomaron a Claudio y lo arrastraban para que los peros no lo mordieran, yo con el cuchillo alejaba a algunos, pero eran demasiados. El lobezno se acercó con toda su furia y me lanzó un zarpazo, no me dio en la garganta porque recibió un tiro en la oreja. Había vuelto mi compañero, con la policía. Además también vinieron algunos vecinos, a ayudarnos. La policía empezó a dispar, mataron perros y también le dispararon al lobezno varias veces, pero los disparos no lo hacían caer. Los vecinos que estaban nos ayudaron a salir del lugar, nosotros estábamos mordidos, no teníamos balas, ademas con el frio y la oscuridad no podíamos hacer mas.

El lobezno atacó a uno de los policías, pero el agente le disparó dándole en el pecho, el gran perro cayó al piso. Luego se puso de pie y tiró un zarpazo, ya no tenia muchas fuerzas. El comisario tomó una de las escopetas y le dio un tiro en el corazón. El gran perro cayó, fue la oportunidad para rematarlo, todos los que tenían armas le dispararon. Con tantas heridas ya no podía levantarse, los demás perros escapaban hacia cualquier lado.

 El lobezno estaba debilitado, se hallaba tirado en el piso, su sangre se mezclaba con el barro. Ya no se veía tan perro, se lo veía más humano, estaba quedando con las piernas de un ser humano. Un vecino se acercó y le disparo seis tiros en la cabeza. Finalmente el lobezno había muerto. La forma del perro empezó a desaparecer y quedó un ser entre perro y ser humano. Todos nos quedamos sorprendidos, era el viejo, del perro ya no quedaba nada. Yo estaba cansado, estaba mordido por los perros, estaba dolorido, pero me acerqué a verlo. Sabia que ya no volvería a saber mas nada del lobezno, verlo muerto me dio una tranquilidad. En ese momento lo que mas quería era volver a casa con mi familia.

 El comisario pidió que pusiéramos todos los cuerpos de los perros y el del viejo dentro de la casilla y la prendiéramos fuego. No sé qué hora era realmente, estaba tan nublado que no se veía la luna, lo que nos alumbraba era el fuego que consumía la casilla.

Adrián me llevó hacia el Falcon para llevarme a casa, a Claudio se lo llevó una patrulla al hospital junto con Tiza, que había sido mordido en una pierna y estaba infectado. Yo había sido mordido, pero antes de ir al hospital quería decirle a mi esposa que todo había terminado.
Pasaron unos meses y ya nadie hablaba del lobezno, la noche era más tranquila. No se escuchaban gritos ni aullidos. Sé que no volveré a cruzarme al lobezno, pero también sé que puede volver.

último trago.

Realmente me siento frio, no sé porqué. El dolor de cabeza que tengo es impresionante, no puedo mantenerme en pie. No me acuerdo donde estuve anoche, tal vez estuve en el bar de ¨Chingolo¨, pero no me acuerdo. Ahora estoy tirado en una vereda, temblando, no recuerdo nada, mi mente está nublada, no sé qué día es.

Vomito, varias veces, el liquido que sale es una mezcla de alcohol y sangre. Me levanto con mucho esfuerzo, mis piernas están débiles, me tambaleo un poco pero puedo apoyarme sobre la pared de una casa. De apoco voy recuperando el equilibrio, pero sigo apoyándome sobre las paredes para caminar. Aún tengo nublada la vista, me refriego la cara y veo que está saliendo el sol, es de mañana.

Voy caminando despacio, hacia mi casa, estoy a pocas cuadras. Reconozco la calle donde estoy, las casas y los negocios de mi barrio. Veo que el bar está abierto, es raro, porque a esta hora siempre está cerrado. Deben ser las 7 de la mañana, creo. Capas que algún borracho sigue tomando vino y se quedaron hasta esta hora. Antes de ir a casa prefiero ir a tomar unos tragos y reírme un poco en el bar. En mi bolsillo hay un poco de plata, me alcanza para un vaso de wiskey. Ya no quiero ir a casa, desde que me dejó mi esposa, no tengo razón para ir.

Mis manos están temblando un poco, pero debe ser que recién me despierto. Seguro que ya va a pasar, no puedo caminar bien, quizás estoy tan borracho que no puedo ni acordarme que tomé. Al mirarme las manos, veo el color amarillo a causa del alquitrán del cigarrillo de años, las uñas sucias y la piel lastimada. También tengo sed, tengo mucha sed. La boca está seca, y no tengo ningún cigarrillo para calmar la ansiedad. Reviso todos los bolsillos y lo único que encuentro son papeles, que no sirven de nada.

La vista se aclara un poco, me refriego los ojos, pero mis manos frías y secas me lastiman. Me quedo sentado un rato, hasta que el viento de la mañana me despabila. La sed y el hambre que tengo me dan mas ganas de entrar al bar.

Luego de un rato sentado empiezo a ver mejor, aunque me duele la cabeza. El mareo ha desaparecido, me levanto y camino hacia el bar. Se que ayer estuve en el bar y no causé ningún problema, eso creo, no lo puedo recordar.

Al llegar a la puerta me doy cuenta de que el reloj que está adentro sobre la pared dice las 730 de la mañana. La puerta está abierta, hay personas que nunca las había visto, dos son jóvenes y uno más viejo, me reciben cordialmente, el barman no estaba.

- ¿Que te pasó amigo?, parece que dormiste en la vereda. Vení tomate una copita de ron.- me dice el mas viejo.

Me parece algo raro no los conozco y me invitan unas copas de ron, nunca me había pasado. Busco en los bolsillos del pantalón un cigarrillo, pero no tengo. Uno de los chicos el mas serio, me regala uno.

-Vos tenías problemas con tu esposa, que no te deja ver a los chicos. - Me dice el mas joven. Cuando me dice eso, me doy cuenta de que lo debo conocer de algún otro bar, estos temas los cuento cuando estoy totalmente borracho.

- Venga siéntese y termine de contar su historia, ayer se puso a llorar, y no pudimos terminar de escucharla.¿ Bárbara era su mujer?, ¿no? - me dijo el otro chico

-si-. le dije.

Me siento con ellos, a tomar una copa de ron, pero solo una. Me parece raro que no este el barman, a él lo conozco de hace años y nunca deja el bar.

Uno de los jóvenes me dice que el dueño del bar me sacó ayer porque me puse muy borracho y empecé a pelear con todos. Me parece muy raro porque cuando estoy borracho me pongo triste y melancólico. Pero puede ser, últimamente me gasto todo el dinero en el bar y aveces no recuerdo que hice.

El más viejo, me cuenta mi vida. Sabe muchos detalles que yo nunca diría a la gente que desconozco. El parece conocerme mucho, aunque yo a él no lo haya visto nunca. No entiendo como pude haber contado tanto en una noche de borrachera.
No entiendo porque ellos síguen en el bar, no estan tomando, pareciera que me estaban esperando. Sus caras están pálidas, y sus copas llenas, no han tomado ni un sorbo.
-¿por que siguen en el bar?.- les pregunto, si ya tendria que estar cerrado.
Uno de los jóvenes me dice que no lo dejan salir, "el viejo" no lo deja salir. Le debía una copa y hasta que no le pague, no tendría su libertad. Le digo que el viejo es un loco, como que no podía salir, si la puerta está abierta. El viejo se pone a reír a carcajadas, me dice que yo entré al bar sin negarme y que le debía su protección porque ahí se refugian las almas perdidas.
El viejo es un linyera, tiene barba negra, sucia, esta mal vestido, pelos secos como el mio pero se lo nota mas curtido que yo. Le faltan unos dientes, además huele horrible. Los dos chicos, son jóvenes, pero parece que saben mucho del bar. Al parecer son amigos desde muy chicos, están vestidos con unos conjuntos deportivos y unas camisetas de fútbol.

En el bar estamos nosotros 4, no hay nadie más. Aunque el lugar está ordenado, este bar tiene sus cosas, parece que nunca lo terminan de pintar. Tiene las paredes sucias, hay una ventana que siempre estuvo rota, nunca le cambiaron el vidrio. El baño siempre está sucio y el inodoro siempre se tapa. Está igual desde el primer dia que entré y eso fue hace mucho.

Termino de conversar, les agradezco el trago y me levanto. Voy hacia la vieja puerta de entrada. Está abierta, pero hay algo raro, no entra el viento. Me doy cuenta porque las cortinitas que están en las ventanas no se mueven.
Quiero salir, pero no pudo. Intento varias veces, pero es en vano. Detrás de mí, está el linyera riéndose a mas no poder. Uno de los chicos también se ríe, pero el otro se mantiene sentado sin hacer nada. Yo estoy desesperado, trato salir por la ventana, pero tampoco puedo. Agarro una silla y la golpeo contra la puerta para romperla, pero no se rompe ni la puerta ni la silla. Estoy asustado, me siento en el suelo, lo miro al linyera y le pido que me saque del bar.
Él se me acerca, pone su mano sobre mi hombro, ya no se rie como antes.
-¿Sabes a cuantos como vos vi, morir acá dentro?- me lo dijo muy sobriamente.
Al principio no le entendí, pensé que yo seguía borracho, pero en realidad estoy sobrio y llorando. Comprendi, que ellos sabían todo de mí porque yo ya no era un humano, era un alma perdida. Miro por la puerta de entrada hacia la calle y veo a mi cuerpo en la vereda donde desperté. Siento un escalofrio y le pregunto al viejo como había sido mi muerte.
Él me dice que ayer a la noche, estaba tan deprimido por la separación de mi esposa que quise pelearme con un tipo que nadie conocía, el tipo era hábil en las palabras y me ponía más nervioso, me increpaba e insultaba a mi esposa. Entonces lo quise golpear, empecé a romper todo en el bar, el barman nos sacó afuera. El desconocido me batió a duelo, hubo una pelea, el tipo sacó un cuchilloy me degolló luego desapareció en la noche.

-¿Quiénes son los jóvenes?.-Le pregunto, me contesta con una sonrisa, casi riéndose.
-Ellos son como vos, se quedaron en el bar en su peor momento. - el me empieza a contar como era estar en el bar realmente, no quiero escucharlo, pero el viejo me lo cuenta igual.
 El ayudó a los chicos a estar mejor en el bar, pero esto tenía su precio. Los chicos entraron sin permiso de nadie y fueron asesinados dentro del bar. Y el barman tomó como pago sus vidas, ellos para quedarse debían estar al servicio del barman. Y este era un demonio, que cobraba la estadía con almas.

Mientras me cuenta la historia de los chicos, el viejo sale del bar hacia la vereda.
- ¡Como extraño sentir el viento en la cara! – él está afuera y el viento le mueve los pelos.
Luego entra y se sienta nuevamente en una mesa. Salgo corriendo, pero me golpeo con la puerta, el viejo se ríe a carcajadas.

- ¿Porque vos podes salir y yo no? -
-Vos estas ocupando mi lugar, ayer a la noche cuando estabas muy borracho me dijiste que ya no tenías razón para vivir. -
- ¿Cómo puedo salir? - le grito en la cara, pero el solamente se ríe.
- Nadie puede. –
-Pero recién te vi afuera. -
-Si, pero tengo un trato con el barman. -

Yo no sé qué trato tiene el viejo, pero sé que no quiero hacer ninguno con nadie. Les pregunto a los chicos como podía salir, ellos me dicen que tenía que traer a alguno a ocupar la silla que estaba usando. Ahora entiendo que el que me mató es el viejo linyera. Trato de golpear al viejo, pero los chicos me detienen, él se ríe, me insulta. Me grita, pero su rostro cambia hasta que se larga a llorar y me pide perdón. No entiendo lo que sucede, trato de salir del bar, pero es inútil, las ventanas y las puertas no se rompen.
-Quiero saber cómo salir del bar. - le dije al más joven
-Tenes que traer a un alma, que esté perdida. –
-Además Tenes que pagar los tragos que le debés al barman. - me contestó el viejo.
-Hablá con él, que es colector de almas, pero no te va a dejar salir fácilmente. –
No sé qué hora es, pero de adentro del bar, puedo ver como la policía y una ambulancia levantan mi cuerpo para llevarme a la morgue. Yo estoy sentado en el bar sin poder hacer nada. Tengo que esperar unas horas, hasta que llegue el recolector de almas.

  El viejo está hace mucho por eso me mató, yo soy su carta de salida. Ahora se lo ve sonriente, sabe que se va, pero está muy pensativo. Los jóvenes mientras juegan a las cartas para pasar el tiempo me cuentan historias del bar. Algunas son cómicas y otras no tanto. Yo no sé que hacer, afuera pasa el tiempo, acá adentro no.
Pasaron las horas, la puerta se abrió, entró el barman. Su rostro es diferente al que yo recuerdo, nos saluda y va hacia el mostrador. Arregla unas cosas y abre el bar. Empieza a entrar gente, nosotros los vemos, pero ellos no. Puedo escuchar sus conversaciones, ellos pasan delante de mí y no nos sienten, somos fantasmas.

Es mi oportunidad para hablar con el barman, cuando me acerco me mira fijamente con su rostro desfigurado.
-¡quiero salir!.- atino a decirle, aunque su aspecto me da miedo.
-¡Tenes que esperar tu oportunidad, o traerme almas.! – me dijo fuertemente, solamente yo lo escuché.
Cuando me habló, me di cuenta de que no puedo hacerle nada, es algo maligno, yo no estoy a su altura.
-Siéntate a tomar unos tragos. – me dijo el barman, aunque ahora se lo veia como el colector de almas.
El viejo linyera me toma del brazo, me dice que me siente. Los jóvenes también me dicen lo mismo.
-No hay forma de salir de aquí sin un alma, y tratar de ganarle al colector de almas no se puede, es un demonio muy fuerte. – dice el viejo.
-No se preocupe señor, tenga paciencia, esto ya se va a acabar. – dice el Robert, que es el más joven. Robert me tranquiliza un poco, me lleva a una mesa y me pide que me siente luego me cuenta como habia quedado atrapado dentro del bar.

El y su amigo eran dos ladrones, mataron a un policía. Ese día se escondieron en el bar, para que no los encontraran. Tenían 18 y 16 años, eran muy jóvenes y les gustaba tener plata fácil. Los dos murieron dentro del bar, habían sido acorralados por la policía. Entraron a las 6 de la mañana cuando no había nadie, solamente estaba el barman. Este les tendió una trampa, convertido en el

colector les pidió a los policías que dispararan a matar.
Los chicos quedaran atrapados en el bar hasta que no le traigan almas nuevas al colector. Este
demonio se alimenta de las penas y dolores de los que se pierden en el alcohol y los vicios.

Mas tranquilo y sentado al lado del Robert veo como el colector de almas actua como el barman. Le
da charla a las personas que están perdiendo el rumbo, les habla a los que están perdiendo la
conciencia. Les regala tragos, las personas los aceptan, pero no se dan cuenta que luego los tienen
que pagar como yo. El demonio escucha a las personas que tienen problemas, los aconseja, les
muestra su mejor cara, pero en realidad es una bestia.
Ahora lo veo mejor que cuando tenía cuerpo, me doy cuenta de que es un ser muy poderoso con una
fuerza muy oscura. Lo veía de otra forma, como un viejo panzón con calvicie, bonachón, que te
ayudaba si no tenías para pagar. Pero su alma es otra cosa, sus ojos son azules pálidos, sin
expresión. Es un ser con cuerpo flaco, pálido. Sus dientes no son como los de nosotros, sus manos
son huesudas.

No sé qué hora es, pero empiezo a sentir el olor a cigarrillo, el olor a alcohol, el olor a mugre.
Robert que es el más bueno de los tres, me tranquiliza.
-A esta hora nos materializamos, podemos tomar y jugar con los que están en el bar. - me dijo casi
ocultándose.
-No hagas lio, sino el barman se va a enojar y mi plan se va a la mierda. - me dice el linyera.
Me quedo callado y empiezo a jugar las cartas con ellos. Ahora entiendo cómo funciona el bar. Es
una trampa para personas que están a la deriva, el barman los termina por hundir y luego si no
pueden pagar sus deudas, se queda con sus almas. El viejo y los chicos le facilitan el trabajo, ellos
tienen un trato para no perder sus almas a cambio tienen que traer algunas que los remplace.

Es la media noche, hace rato que jugamos a las cartas, ya me cansé de esperar. Estoy pensando en
cómo salir de acá. El viejo se ríe, se acerca y me dice que no tengo que pensar en nada, solo tengo
que esperar. Él hace mucho tiempo que está aquí, solo tuvo que esperar la oportunidad y yo cai en
su trampa . Yo no sé lo que está planeando, pero en su cara hay un brillo especial. Lo noté cuando
estuvo afuera del bar respirando aire fresco. Su rostro en ese momento había cambiado, sé que no
me pude decir nada, porque se puede enterar el barman.

Han pasado horas, no sé cuántas. Ya no tengo más paciencia. Estoy sentado en el bar con estas 3
almas sin camino que hace años estan y yo con menos de un dia ya no soporto estaraqui. Ellos no
dicen nada, solamente juegan a las cartas. El viejo invita a jugar a unos tipos a las cartas y a mi me
pasan hacia otra mesa. Luego el barman trae tragos para todos, a mi me trae un whisky que lo tomo
con mucho desgano.
-La casa invita. - me dijce el barman, con una sonrisa fatal.
Voy tomando el trago muy de a poco, esta vez mirando a mi alrededor. Veo a los que están
borrachos que se ríen solos. Tienen las caras coloradas de tanto alcohol, algunos no se pueden casi
mover, otros ya están dormidos, tirados sobre las mesas.
 Miro hacia la mesa donde está el viejo y los chicos, en su caras puedo notar que planean algo, estan
mas animados. Se miran, pero no es por el juego de cartas, son miradas complices. Sus rostros estan
diferentes a lo que vi cuando entré al bar, tienen algo de esperanza.
Pasada la media noche el barman se acera a la mesa del viejo, acomoda un poco la mesa y levanta
unas botellas. El viejo y los chicos están conscientes pero los que le jugaron con ellos a las cartas
están tan borrachos que no se pueden levantar. En ese momento el demonio le dice al viejo que
podía salir del bar. Pero para ser libre tenía que traer 3 almas mas para liberar a los chicos. El viejo
está contento, se le nota en su rostro. El brillo de sus ojos ha cambiado, tiene una sonrisa que no
puede contener. Sale del bar y aunque era un alma, puede sentir el frio y el viento, siente un poco de
libertad. Me saluda desde afuera y a los chicos también, luego se pierde en la noche.
Salgo corriendo hacia afuera pero me golpeo con la puerta. No la puedo abrir, algo no me deja salir.

Pateo la puerta, pero detrás mío siento un golpe muy duro. Caigo al suelo, en ese momento siento que el tiempo se ha detenido. El colector de almas me levanta del suelo. Me dice que solo él puede decidir quién sale, todos pueden entrar, pero para salir solo él decide quién.

Mira a los jóvenes, les dice que si hoy no cumplían con su trato ya no existirán más. Ellos le dicen que hoy harán su parte del trato. Tenían que tomar un alma cada uno si no, el demonio los consumiría. A mí me dice que me siente en la mesa del fondo y que piense como iba a pagar mi deuda.

 Todo el bar esta inmóvil, el tiempo no sigue, está todo sin movimiento, solamente las almas perdidas podían moverse.

-Siéntese en la parte de atrás. - me dijo el colector. Le hago caso, se que no le puedo hacer nada.

- ¿cuál es mi deuda? - le pregunto.

-Tres almas. -

- ¿y si no las consigo? -

-serás parte de mí, serás mi alimento. –

Al decirme esto, me siento en la parte de atrás, muy desconsolado. El tiempo vuelve a seguir, los que estan no han visto lo que sucedió, no se percataron de que el tiempo se había detenido, tampoco saben que el barman es un colector de almas.

 El necesita mi alma o el alma de otro por la mía, ahora entiendo mas al viejo. Ningún ser humano, mata a otro por una deuda. El viejo esperó mucho tiempo hasta que aparecí. Sé lo que tengo que hacer, emborrachar a uno y matarlo. Así su alma quedará atrapada en este bar. Pero no es tan simple, necesito matar pero nunca maté a nadie. Necesito un alma que esté desorientada como yo. Al viejo le llevó mucho tiempo, no se si podré hacerlo.

Es la 1hs, hay 15 personas tomando, un par me saludan porque me conocen, piensan que no he muerto. Me encuentro solo en una mesa del bar, al fondo. El barman me sirve un ron y me deja un mazo de cartas. Me mira, yo no se qué hacer, su cara cambia.

-Para salir del bar, tenés que traerme almas, y pagar las copas que me debes. -

-¿Si no lo hago.? – no quiero matar a nadie.

-Estarás siempre bebiendo, siendo un alma perdida. –

Comprendí porque el viejo me mató, ahora está afuera buscando más almas para poder liberar a los chicos. Yo tendría que hacer lo mismo, no quiero estar toda la eternidad aquí.

Es la 130hs el bar está lleno de personas que pueden perder sus almas. Ninguno sabe lo que está pasando, todos beben y juegan, están disfrutando. Robert y el otro están sentados al frente de la ventana, siguen jugando a las cartas con algunos borrachos. Se ven alegres, se ven ansiosos. Charlan, hacen chistes y juegann pero sus copas no estan vacias. Esperan que el viejo les traiga mas almas, ellos también quieren irse hoy. Pero no los veo con ansias de matar, no tienen esa actitud en sus rostros.

 Invito a jugar un truco a uno que está sentado solo en la barra, se lo ve triste. Lo invito a tomar una copa de ron. No es que me apasione jugar, pero quiero que pase el tiempo.

Estamos hace media hora jugando y solo habla él, yo no dije palabra. Tiene un montón de problemas, se ha peleado con todos sus familiares, ha perdido su empleo. Se larga a llorar de ves en cuando. El partido de truco no tiene sentido, no jugamos, él solamente se dedica a hablar y tomar. Es como mirarme a un espejo, asi termine dentro de este bar.

Entra por la puerta el viejo, trae a tres personas y directamente los lleva hacia la barra. Le pide al barman que les sirva unos tragos. Cuando estos tres están tomando, el viejo mira a los jóvenes y les hace una seña. Se les acerca y se cambian de mesa para que puedan jugar los 6 a las cartas. Luego vuelve hacia la barra y lleva a los 3 desconocidos hacia la mesa donde están los jóvenes. Se acomodan y empiezan a jugar a las cartas.

Yo miro desde el fondo toda la escena. Veo como enseguida el barman va hacia la mesa con una botella de vino para que los desconocidos beban y se emborrachen. Destapa la botella y le sirve vino a los 6 y se retira.

Ya no le presto atención al que estaba jugando conmigo. Ya esta tan borracho que balbucea, está durmiéndose. Lo zamarreo un poco para que se despierte y nos pusimos a jugar las cartas otra vez. El barman se acerca y nos sirve vino, tomo un poco para relajarme. Realmente no sé qué planeó el viejo, pero no tengo escapatoria. Tengo que esperar y ver qué sucede en la mesa donde están los 3 sin almas y los 3 desconocidos.

Los 6 se ponen a jugar y a tomar, el barman les lleva vino cada tanto. Hay muchas risas y alegría. Ahora entiendo lo que están haciendo, los están emborrachando para que no se den cuenta de lo que sucede en realidad.

 Luego de un rato están tan alegres que se ríen y gritan, el viejo está eufórico, Robert esta sobresaltado. El bar en si está eufórico, están todos borrachos, fuman, gritan, no hay nadie que esté sobrio.

A las 2:00hs el viejo linyera se levanta, su rostro brilla de contento, le tiemblan las piernas. Se acerca hacia la puerta, parece que no quiere salir. Pone sus pies en la vereda, mira hacia atrás, saluda y se va, ya es un alma libre.Los jóvenes, saben lo que tienen que hacer, el viejo había cumplido su parte del trato, ahora les toca a ellos.

Cuando miro otra vez hacia la mesa donde están los jóvenes, hay una discusión con los tres hombres que había traído el viejo. Están empezando la pelea para matar a dos y dejar a esos hombres por ellos. Esa es mi salida del bar, tengo que ir a jugar con ellos y matar a uno así podré salir.

Voy a su mesa y los tranquilizo un poco, les digo que juguemos al truco. Los 5 que están aceptan, nos sentamos todos y empiezo repartiendo. Detrás de mi aparece el barman y nos sirve vino. Entonces apostamos, ^el que perdía, pagaba una ronda de tragos^. Yo juego con los dos jóvenes, Robert me pregunta si sabía lo qué hacía, le digo que sí.

-No, no sabes lo que vamos a hacer. – me dijo el Robert con vos muy baja.

-Mataremos a los tres, para que podamos salir del bar. – le dije ya confiado de cómo era el plan.

-No mataremos a nadie hoy. – me dijo el otro joven.

-Vos jugá a las cartas normalmente, que nosotros nos encargamos.- me dice robert.

Estoy confundido, no entiendo nada de lo que quieren hacer. Por mi mente, pasa solamente salir de aquí. Ellos en cambio, no dicen nada, solamente juegan. Se los ve cansados,antes se los notaba mas nerviosos, pero no hacen mas que jugar. Se comenzó una ronda de truco, al finalizar la partida, seguimos con otra, así varias veces, lo veo al Robert y al otro chico jugar y tomar poco, están concentrados. Festejan cuando ganan, pero no se ven ansiosos.

Le pregunto a Robert que está pasando.

-Tenemos que engañar al colector. –

- ¿Como? –

- El viejo tiene un plan. –

- ¿cuál es? –

Robert no quiere darme detalles, el otro chico tampoco. Solamente me dicen que seguiremos jugando hasta las 3 de la mañana.

 A las 230hs, el otro chico que nunca me dijo su nombre, se lo nota calmo, pero está tenso. Está tomando más alcohol que nosotros, pero no aparta su mirada de la puerta. Le pide al barman una botella de vodka, el demonio se la trae, la deja en la mesa y se retira. Entonces fue cuando me miró a los ojos y me dijo…

- El viejo, nos dijo que una vez hace mucho, el barman casi muere. – en su rostro desapareció la tristeza.

- ¿pero? ¿cómo? –le pregunté ansioso.

- Nunca nos contó del todo. –

- Pero es un demonio. – estoy incrédulo, además con lo que veo en el bar, no creo que podamos matarlo.

- El viejo cree que, matando al barman, seremos libre. – se calla y aparta su vaso.

Luego sigue contándome, me dice que a las 3 de la mañana cuando cierra el bar, se abre un portal, es cuando el barman se convierte en el colector de almas y si hoy no tenemos una o dos almas nos quedamos para siempre.

Robert llena su vaso con vodka y le llena los vasos a los desconocidos. Es una bebida fuerte, nunca se sirve en estos vasos grandes. No entiendo que sucede, los 3 desconocidos están deplorables, uno está dormido y los otros dos no pueden hablar. Es el momento justo para matarlos y que podamos salir de aquí. Me sirven a mi también y queda media botella sobre la mesa.
 Son las 245 de la mañana, por la ventana veo al viejo acercándose por la vereda del frente.
 Robert le pidió un encendedor a uno de los desconocidos para encender un cigarrillo, lo encendió y da un suspiro muy profundo.
Entra el viejo linyera corriendo con un crucifijo en las manos, se abalanza hacia el barman que está sirviendo unas copas en una mesa.
-Ahoraaaaaaaaaaa.- gritó el viejo con todas sus fuerzas.
 Le clavó el crucifijo al colector de almas en la espalda, se lo sacó y volió a clavarselo. Robert tomó la botella de vodka y se la partió en la cabeza, el otro chico con el encendedor, le prendió fuego la camisa. Agarro mi vazo de vodka y se lo lanzó al demonio par que se prenda fuego.
El barman cambó de forma, ahora es el colector de almas y está furioso. Toma al linyera del cuello y lo tira contra una mesa. Trata de sacarse el crucifijo, pero no puede, el linyera se reincorpora y le tira una botella con agua. Cuando la botella golpea y se rompe sobre el demonio, este se empieza a desfigurar. El colector de almas sabe que está perdiendo fuerzas, se lo ve desesperado. Lo agarra al viejo e intenta matarlo absorbiendo su alma. Robert se abalanza contra el demonio para retenerlo, quiere evitar que el linyera pierda su alma.
En el bar, la gente no entiende nada, algunos están asustados, los que están borrachos, apenas pueden escapar. Dos de los que trajo el linyera, tratan de sacar a su compañero que está dormido por la cantidad de alcohol que tomó. Algunos borrachos empiezan a revolear las mesas y sillas por todos lados. Algunos se pelean entre ellos. Otros aprovechan para robar bebidas y la caja.
 El colector de almas está prendiéndose fuego, grita, le duele la herida hecha por el crucifijo. Su rostro ha cambiado por completo, su fisonomía es diferente. Lo mira al viejo con un odio y desprecio total.
-Nunca más podrás salir de aquí. - le gritó con toda su furia.
-Hoy no te llevaras a ningún alma. - le grita el viejo linyera con lágrimas en sus ojos.

Finalmente todos los que estamos en el bar vemos como realmente es el barman, algunos se asustan y otros empiezan a pegarle, a tirarle con lo que hay al alcance. El demonio se defiende, pero está perdiendo su poder, las heridas y el fuego, lo han debilitado.
El viejo va hasta detrás del mostrador y empieza a romper todo, quiere que se prenda fuego todo el bar. Ahora entiendo, para que seamos todos libres, tenemos que prender fuego el local entero con nosotros adentro. Además ya somos fantasmas, esta es nuestra prisión, no perderiamos mas nada. El fuego quemará todo, nos hará libres y no habrá mas almas perdidas.
El colector está furioso, maldice, grita, rompe las mesas. Mientras el viejo linyera prende fuego el local, con los chicos atacamos al demonio. Algunos de los clientes también ayudan a pelear, pero otros se han ido.
A las 3 de la mañana del piso del local sale una luz, es brillante, es el portal por donde el colector de almas se escapa.
-No lo dejen escapar. – dice fuertemente el viejo.
-¡Sus almas serán mías! – grita el colector.

Me pongo detrás de él y le clavo más profundamente el crucifijo. Robert le tira más alcohol encima para que ardiera más, el otro chico, lo retíene para que no escape. El fuego está tomando todo el bar. Él demonio nos dice que no saldremos de acá que nos quemaríamos junto con el, entonces Robert lo agarra del cuello para ahorcarlo.

-No puedes matar a alguien que ya esta muerto Robert..- le dice el demonio casi sonriendo.

Robert es golpeado fuertemente en la cabeza y queda tirado en el piso. El otro chico le clava una pata de silla en el estómago, le hace daño porque le sale sangre negra. El demonio está débil y sufre. Al estar débil su encanto sobre el bar pierde fuerza. El local se está incendiando, hay fuego por todos lados. Adentro solamente estamos los dos chicos, el linyera, el demoniuo y yo.
 Miro hacia la puerta, está abierta, es mi oportunidad de salir. Pero los chicos están peleando, y el linyera volvió para que destruir este lugar, no los puedo dejar solos.

-No podemos dejarlos acá, ellos me ayudaron a hacer esto.- me dice el viejo.

Los chicos hace mucho que están adentro, ellos habían ayudado a hacer el plan. Entonces con el linyera nos enfrentamos al colector, el viejo agarra una silla y lo golpea, yo con una botella partida, le corto las piernas. El demonio grita de dolor, aun tiene fuerzas, y puede escaparse por el portal, pero los chicos lo retienen. El viejo le vuelve a clavar el crucifijo sobre su espalda. El demonio sabe que ya no tiene escapatoria, está muy débil. El portal pierde su luz, ya no tiene la misma fuerza de cuando se abrió.
El colector tomó algo del de alma de Robert y se regenró un poco, el otro chico le da pelea pero ya está estenuado. Entonces lo ayudo a combatir, le tiro botellas al demonio, trato que se prenda fuego. El viejo aprovecha y lleva a Robert cerca de la puerta y lo deja, luego viene a ayudarme, aunque el tampoco tíene más fuerzas para luchar. Está cansado y lastimado, pero le tira al demonio más alcohol para que siga prendido fuego. Pero el colector ha retomado fuerzas al absorver un poco de las almas de los chicos, sigue en pie y el fuego ya no le esta causando daño.

El portal se cerró, el colector no pudo escapar, está furioso. El viejo con las pocas fuerzas que le quedan, va por la espalda del demonio y le saca el cruzifijo y me lo tira a mi.

-¡clavazelo en el corazon!.-me dice mientras el trata de deterne al demonio para que no me ataque. Tomo el crucifijo y con todas mis fuerzas se lo clavo al demonio en el corazón. El colecor de almas empieza a perder sangre me grita, pero no puede hacer mas nada. Cae al pizo y no puede moverse mas, ha muerto. Las llamas tocan su cuerpo y empieza a prenderse fuego.
El lugar está completamente en llamas, ya no hay maldicion, ya no está mas el colector de almas. Salimos los cuatro del bar, estamos en la calle. El viejo se pone a llorar, hace mucho que no siente alegría. Los chicos con las pocas fuerzas que les quedan se levantan y le agradecen al viejo. Yo siento alegría y paz, también me pongo a llorar, también siento tristeza.
Pude haber estado mas tiempo en el bar, pero ahora soy libre, aunque sea un alma.
 Todo ha terminado, el bar está destruido y el colector de almas también. Hay gente ayudando a los clientes que estaban con nosotros en el bar, nosotros somos almas, por eso no nos ayudan, no nos pueden ver, oír, ni sentir.
- ¿Y ahora qué? - le pregunto al viejo.
-¡no se!-.me responde, tranquilamente.
-disfrutar de la libertad. - dice el Robert.
 El viejo me agradece la ayuda, yo le agradezco a él por volver. Sé que ahora soy ser un ser errante, pero lo que me queda de humanidad lo recordaré hasta que desaparezca. Los chicos saludan y se van caminando hacia su casa, ellos añoran ver, aunque sea unos minutos a sus familiares.
El viejo también va desapareciendo en la calle, su añoranza más grande era poder ver, aunque sea una vez más a su hijo. Yo iré a ver a mi esposa, aunque sé que la lastimé mucho, la extraño.
Cada uno empezó a tomar el camino que les correspondía, y empezamos a desaparecer en la noche para dejar el bar atrás.

Carretera.

En la carretera voy con mi Ford 4500, no es mio, pero lo cuido como si lo fuese. Es de la empresa para la cual trabajo, hace tanto que lo conduzco que conozco cada tornillo, cada ruido y se cuando tiene algún problema en el motor. Es un camión viejo, pero de los buenos, nunca me ha dejado tirado en la carretera, es como mi propia casa. Yo recorro todo el país viajando con el camión, hace mas de 20 años que lo hago. A mí por suerte nunca me ha pasado nada grabe, alguna que otra pinchadura o calentura de motor, cosas que se pueden arreglar.

Llevo unas bobinas de hierro hacia una fundición, siempre hago este viaje cada dos meses. Conozco el camino como la palma de mi mano, se a que velocidad tomar las curvas y en que pueblo puedo parar a descansar. Este viaje es uno de los que mas me gusta hacer porque el paisaje es lindo, solamente no me gusta hacerlo en verano, porque el calor es intenso. La ruta es muy buena, está hecha hace poco, no tiene baches y está bien señalizada.

Me falta un día de camino, para llegar a la fundición, y descargar. Luego regresaré para ver mi esposa e hijo. Hace un día que no los llamo, porque hay lugares donde no hay señal para celular. Ademas casi no pude parar, porque la carga es urgente y necesita llegar a tiempo.

Ahora es de noche, ya debería estar cerca de un pueblo llamado, "Los guaipiri." generalmente llego antes de la media noche. Todavía no pude ver el cartel de entrada al pueblo, aunque la noche está tranquila y hace un poco de calor, tengo frio. Veo que las estrellas están brillando mucho, está despejado, no hay nubes. Además, estoy en una provincia donde el clima es cálido, llueve muy poco al año.

He pasado algunas noches en cada pueblo, siempre he conocido gente de cada uno. En esta zona del país son todos solidarios, siempre me han ayudado. En los bares, conocí a los viejos lugareños, esos los que te cuentan la historia del lugar, son los que se emborrachan, y cuentan sus anécdotas riéndose. Una vez escuché una leyenda nativa, que dice "en noches como la de hoy salen los espíritus para llevarse personas al más allá". Estas historias me las cuentan para darme miedo, pero yo nunca les hago caso, hace años que vengo recorriendo las rutas, e historias como estas las escucho siempre.

Miro mi reloj, es la 8 de la noche. En media hora tendría que llegar a la estación de servicio, de Guaipiri. Ahí me daré una ducha porque me quiero sacar un poco la transpiración, hace calor pero tengo frio, tal vez me estoy engripando. Tengo mojada la remera, pareciera que me mojé con una botella de agua, me pica la espalda y me sale un poco de sangre de la nariz. Ojalá el pueblo esté cerca y pueda dormir un poco, estoy algo cansado, me está doliendo un poco la cabeza.

El calor del motor hace que la cabina se sienta como una sartén, el aire condicionado parece que no funciona, es raro, porque cuando salí con la carga funcionaba todo bien. Veo que el camino no es como lo recuerdo, creo que estoy perdido. Hacia mi costado se puede ver el camino que no es muy desértico, algunas veces veo alguna montaña a lo lejos. Este no es el paisaje que recuerdo de esta ruta, tendría que ir hacia un camino más rocoso con más montañas. Hay más árboles de lo habitual, me he equivocado de camino. Bajo la velocidad, quiero ver si reconozco el lugar, me parece que me he perdido.

No recuerdo esta parte de la ruta, parece que estoy conduciendo en línea recta hace horas. Ya tendría que haber llegado a la estación de servicio del pueblo, ya he conducido más de 3 horas desde el último pueblo, aquí no son tan largas las distancias entre ellos.

Hace 45 minutos que sigo por la misma ruta, no hay carteles que indiquen en donde estoy tampoco encuentro ninguna estación de servicio, no se que pasa. Solamente una vez me perdí, fue cuando empecé con esta empresa, pero eso fue hace mucho tiempo. Me pone nervioso porque tampoco me queda mucho combustible, pareciera que estoy manejando solo en la ruta, no aparecen autos ni tampoco otros camiones. Prendo la radio para saber si hay alguna emisora que esté transmitiendo, pero no hay señal, solamente se escucha ruido.

Tengo dudas si seguir o parar el camión al costado de la ruta. Si paro al costado, puedo quedar varado en el barro por el peso de la carga.

Cada vez estoy transpirando más, me seco el sudor con una toalla, pero mis manos están frías y tengo sed. Miro la hora y es 1130 de la noche, paro el camión para bajar y tomar un poco de aire. Cuando bajo, veo que tengo un neumático explotado. Yo no sentí el ruido, tampoco el sacudón cuando explotan los neumáticos. Reviso que halla algo mas roto, pero parece que no hay mas nada fuera de lo normal.

 Me relajo un poco y miro hacia el cielo. La noche se volvió tan oscura que no se ve a un metro de donde estoy. Es una noche cerrada, pero las estrellas en el cielo son hermosas. Están todas tan claras que puedo distinguir algunas constelaciones, solamente en estos lugares se pueden ver de esta forma. Tomo un poco de aire, respiro profundamente, miro al cielo otra vez y disfruto el momento.

 No logro reconocer el lugar, no puedo distinguir en que parte de la ruta estoy. Trato de llamar al servicio de carretera, pero no hay señal. El celular también se está quedando sin batería.

Me subo, prendo el camión y continuo derecho por la ruta. Veo que el parabrisas se rasgó en una punta. Me da bronca porque encima que estoy perdido me pasa esto. Habrá sido una piedra que golpeó contra el parabrisas, tal vez fue antes que parara y no me di cuenta. Reviso el celular si tiene señal, pero ya no tiene batería. Estoy en el medio de la nada incomunicado, tampoco sé cuánto he recorrido, o cuanto me falta por recorrer hasta el otro pueblo. Tampoco se bien que hora es, ojalá esté por amanecer.

Han pasado varias horas de que miré por ultima vez el reloj. La penumbra es siempre igual, ya no hay árboles, solo hay un camino rocoso. Sigo transpirando, pero ya no es por el calor sino por el miedo que tengo, no sé a dónde voy. Por fin a lo lejos puedo ver un pueblo, puedo ver unas pocas luces.

Ya casi sin combustible, llego a un pueblo, parece bastante viejo. Hay una comisaria a la entrada. Pero no están los policías, no hay nadie, parece abandonado. Pasé despacio con el camión, para poder hablar con alguien, pero no se cruza ni siquiera un auto. Mas adelante se nota el cartel de una estación de servicio. Realmente no sé dónde estoy, es un pueblo de ranchos abandonados, no hay nadie en la ruta. Me tranquiliza un poco saber que al llegar a la estación de servicio, cargaré diésel, podré bañarme y luego llamar a casa. Una vez que hable un poco con mi esposa me acostaré a dormir, mañana la mañana preguntaré como regresar a la ruta.

Estaciono el camión en la estación de servicio, me pongo en el surtidor de diésel. Bajo y me tranquilizo, porque por lo menos he llegado a algún lugar. Veo en el piso que hay aceite, es de mi camión, está cayendo del motor. Levanto el capó, veo que el motor está totalmente sucio de aceite, hay mucho por todos lados, también se siente olor a Diésel. Lo dejo así por ahora, prefiero darme un baño y llamar a mi familia. Mañana tendré que avisar a la empresa que se rompió el camión y que no puedo llegar al destino.

Saco de la cabina una muda de ropa limpia y una toalla, para cambiarme después de bañarme. Pero están manchadas de aceite del motor, también hay un poco de vidrio que debe ser del parabrisas roto. Pareciera que el camión se está desarmando de a poco, capas que estaba tan concentrado en llegar a algún lugar que no me di cuenta que el motor estaba funcionando mal. Estoy tan cansado que no le doy importancia, prefiero bañarme y descansar. Mañana veré que le pasó al camión, ya es tan tarde que tengo mucho sueño.

Voy al minishop de la estación para avisarle al playero que voy a bañarme. Puedo ver de afuera que hay 2 personas, abro la puerta pero nadie me presta atención. Le digo al playero que luego le pago el Diesel, pero no me escucha, están viendo un partido. Les chiflo, se dan vuelta, pero enseguida siguen mirando el partido, no me atienden. Me doy la vuelta, y directamente voy al baño, estoy muy transpirado y sucio. También quiero dormir un poco, he recorrido muchos kilómetros y no sé dónde estoy.

 Veo que el baño es diferente a los demás, este está limpio y ordenado incluso funciona el agua caliente. Los baños de estaciones de servicios siempre están sucios con olor a orina, pero este no. Al bañarme me doy cuenta de que la ropa que estoy usando está manchada con aceite y con un poco de sangre. Miro mis piernas y tengo un raspón en la derecha. Capas me lastimé cuando bajé del camión y no me di cuenta, también tengo raspada al costado de la espalda, ahora que lo veo me empezó a arder.

Con la ducha me tranquilizo bastante, pero ciento dolores en el pecho, debe ser por el cansancio. Me siento en un banco porque me bajó la presión y veo que también tengo lastimada la pierna izquierda. Realmente no sé dónde me habré golpeado, tal vez fue cuando revisé el motor.

Cuando termino de bañarme, regreso al camión para ver si hay alguna manguera rota en el motor, me parece raro que me haya manchado hasta en la cabina con aceite. Veo que la trompa del camión está golpeada, tengo el paragolpes abollado. Cuando lo dejé cargando diésel no estaba así, yo había levantado el capó para revisar el motor, me acuerdo perfectamente. Voy adentro del minishop para preguntarle al playero, si alguien había chocado mi camión, mientras yo estaba bañándome.

Ninguno de los dos que están viendo el partido me miran. Parece que no se dan cuenta que estoy yo. Le grito al playero, pero se va por la puerta de atrás. El otro apaga la tele, cierran la puerta de entrada y se va.

- ¡me están dejando encerrado!!- les grito, pero no me escuchan.

Parecen apurados, están yéndose. Los 2 toman unas bicis, y se van por la ruta. Golpeo la puerta, les vuelvo a gritar. Ni cuenta se dieron que quedé adentro. No puedo abrir la puerta, la cerraron con llave.

 Se fueron, me dejaron encerrado adentro del minishop. Tengo una mala suerte, estos son las 2 únicas personas que vi en este pueblo, y no se dieron cuenta que me dejaron dentro. Trato de abrir la puerta, pero no la puedo mover, voy a la de atrás pero tampoco puedo abrirla. Por lo menos estoy dentro de un lugar, a la mañana cuando vuelvan les contaré como me perdí. De alguna forma me voy acomodar para dormir, aparte puedo prender la tele y ver alguna película.

Veo que hay una máquina de café exprés, tomar un buen café me ayudará a despertar un poco. Le pongo una moneda, pero no funciona, la moneda nunca cae, quedó estancada dentro de la máquina. Tampoco tengo mucha hambre, mejor voy a dormir.

Me recuesto en una silla y apoyo mi piernas sobre una meza. Miro el reloj que está en la pared, es las tres de la mañana de un sábado, realmente pensé que debería ser viernes, ya he perdido la noción del tiempo. Por la puerta vidriada, veo que en la ruta pasan un par de patrulleros y una ambulancia de las viejas, es una Ford f 100.

Espero un rato sentado, pero pasan las horas y no vuelve nadie. Tampoco tengo sueño, voy a la cocina a ver si hay algo para comer, tampoco tengo mucha hambre. Hay una heladera chica, está ordenada, no hay algo que me guste para comer, casi no hay nada. Parece que nadie pasa por aquí a comer muy seguido, esta todo muy limpio y vacio. Esta ruta parece que no es muy transitada, debe ser un desvió al centro de la provincia. Cuando venia, no vi campos ni pueblos, no hay grandes tambos ni tampoco molinos. Me parece un lugar muy raro.

Por lo menos encuentro un mate y un paquete de yerba, con unos mates se va a pasar mas rápido el tiempo. Quiero calentar la pava pero la perilla de la cocina está rota. Trato de girarla, pero no pasa nada. Estoy un rato tratando hasta que siento el gas salir. Aprieto el encendedor de la cocina, pero no funciona, está trabado. Intento encenderlo varias veces pero no puedo. Agarro la pava, pero se me cae al piso. Estoy tan débil que me cuesta agarrar las cosas. Finalmente decido hacerme un café ensobrado con el agua caliente de canilla. Abro un paquete de galle titas de la góndola, que también me cuesta abrirlo. Tomo una caja de café de los que están ensobrados y con el agua caliente pude hacerme el café que quise. Estoy tan débil que no tengo fuerzas, debe ser que no he comido desde hace rato.

El reloj marca las 530 horas, no me pareció que había pasado tanto tiempo, me siento con mi café y las galletitas en las clásicas mesitas de las cafeterías y veo para afuera. Parece una noche fría, se ve el pasto con escarcha, pero yo no la siento, estoy con una remera, pero no siento el frio.

Quiero prender la tele, pero también me cuesta, intento varias veces prenderla, hasta que puedo y pongo en un canal que pasan películas. Están pasando una película de las viejas, es una de las acciones, esas que son baratas, las que el protagonista no es conocido. Estoy un rato mirándola, pero me aburre, miro nuevamente el reloj y son las 630, estoy tan cansado que no me doy cuenta de cómo pasa la hora, me parece raro que no me haya dormido.

Ya tiene que venir alguien a sacarme, tienen que volver a abrir. Estuve casi toda la noche solo. Veo que por la ruta pasa un camión remolque, con una cabina de camión chocada. Luego pasa la ambulancia y un patrullero. Son los mismos que pasaron mas temprano. Uno de los patrulleros estaciona al frente del minishop.

Bajan dos policías con las armas en la mano, yo les digo desde adentro que no soy un ladrón, les digo que ayer el que atiende la estación no me vio y me dejó adentro.

Pero los policías no me escuchan, golpean la puerta de vidrio, les digo que está cerrada, pareciera que no me ven, fuerzan la cerradura y logran entrar.

-Pareciera que alguien estuvo ayer por la noche. -dice el policía más viejo.
-Alguien entró y comió algo, debe ser un ratero. - dice el más joven.

Estoy parado al frente de los policías y no me ven, me doy cuenta de que algo me esta pasando. Le paso mi mano por la cara, lo traspaso, no les hago nada. Estoy tan tranquilo que ya no siento miedo, mi corazón no late, ya no siento frio ni calor, soy un fantasma.

Me siento en una silla, mientras los policías revisan el lugar. Al ver que solamente hay hecho una taza de café y un paquete de galletitas abierta, los policías llaman por radio a la comisaria, dicen que la estación de servicio no fue robada, solamente alguien entró y comió algo y se fue.

Ambos se van por la puerta, yo sigo sentado, estoy resignado, perplejo. Miro hacia afuera y mi camión no está, me asusta mucho y quiero llorar. Trato de despertar pero sigo ahí, sin saber dónde estoy o que me pasó. Voy hacia la tele para cambiar de canal, quiero ver las noticias. Esta vez me cuesta mucho cambiar el canal, no logro apretar los botones. Como estoy en un pueblo no hay muchos canales para ver, hay muchos canales sin señal, logro poner el canal local y veo las noticias. Entiendo todo cuando la noticia principal es la de un vuelco de un camión. Yo volqué porque me quedé dormido, me fui a la banquina, iba a tanta velocidad que salí por el parabrisas, no llevaba puesto el cinturón.

Puedo ver en la televisión, la ambulancia y la grúa que pasaron por la ruta en la noche, también los policías que entraron a la estación de servicio. Me pudieron identificar porque estaban los documentos de identidad en el camión.

Ahora sé que me pasó, pero extraño a mi familia, no sé cómo puedo comunicarme con ellos. Pero de alguna forma lo haré, extraño a mi esposa, y a mi hijo más porque es especial.

LA GÁRGOLA

Capítulo 1

Sabía que en esos días se abriría un portal, me lo habia contado mi maestro. Él sabia que sería por unos minutos y por eso me había preparado toda la vida. Mi misión era no dejar pasar la gárgola hacia este mundo. Si la gárgola entraba por el portal y nadie la detenía, seria nuestro fin.

 En el monasterio en donde yo estaba, me prepararon para enfrentar a estos demonios. Yo era un monje luchador, de los pocos que habia. Desde la mitad de mi niñes, fui entrenado por un maestro, tal vez el mejor que pude haber tenido. Me enseñó las artes espirituales, la lucha y la oración. Fue una enseñanza dolorosa, tuve que soportar hambre, dolor y silencio entre otras cosas. Fui un elegido, no se cual fue la razón, pero el destino hizo que mi madre me dejara en una iglesia. Luego fui traido al monasterio, donde los monjes fueron los unicos familiares que tuve.

   Mi madre no podia criarme y me dejó en la puerta de una iglesia. Me dijo que me quedara, que ellos me iban a cuidar mejor. Quedé sentado en la escalera de entrada hasta que un sacerdote me hizo entrar a la iglesia. Me dio de comer y un lugar para dormir a la noche. Al otro día me llevô a un lugar tan grande como un castillo. Ese lugar era el monasterio, en donde me educaron y alimentaron. Desde ese momento, me prepararon para ser un monje luchador. Mi maestro me enseñó sobre las gárgolas, los magos y los portales. Estuve 15 años en ese lugar preparandome para mi misión y el tiempo habia llegado. Sería la primera vez que viera abrirse un portal y enfrentarme a una gárgola.

No tuve una juventud como cualquier chico, mis mañanas eran de oración y las tardes eran de entrenamiento, por las noches era leer textos antiguos. Los primeros años quise escaparme varias veces para encontrar a mi madre, pero nunca llegaba a ningún lado. Entonces volvía y los monjes me recibían con un abrazo. Aunque el entrenamiento fue fuerte, ahora no puedo quejarme, tuve comida y un lugar para dormir, algo que capas que mi madre no podía darme.

Leí antiguos textos donde habia almanaques, en los que se mencionanaban las fechas en que se abrian los portales. Un portal no se abre hasta que la fecha sea correcta, porque el tiempo no se puede detener y el espacio es difícil de controlar. Pueden pasar años para que un portal se pueda abrir, tiene que haber una alineación astral y un tiempo determinado.

Los viejos sabios pudieron descifrar estas alineaciones y armaron calendarios. También obtuvieron las coordenadas de los lugares en donde se podían abrir los portales. Estos calendarios se van pasando de generación en generación, en los monasterios por los monjes. Los calendarios son precisos, se puede saber la fecha de apertura y la hora por el alineamiento de las estrellas. Ya en esos dias quedaban pocos lugares donde pudiesen ser abiertos, antes había muchos más, pero fueron destruidos por los antiguos monjes.

 Los libros que teníamos no estaban completos, la informacion de los portales, las gargolas y los magos malignos se iba completando por los monjes y sacerdotes que le hacian frente al mal. Ellos eran los que pasaban la informacion a los escribas y estos la ponian en papel. Algunos se perdieron en los incendios y otros fueron robados en saqueos que sufrieron los monasterios en la edad media. No sabíamos de dónde venían las gárgolas, o quien era su gran autoridad. Sabíamos mucho de ellas, pero ellas sabían más de nosotros. También había diarios de luchadores que enfrentaron a gárgolas, en donde había información para matarlas y como enfrentarlas, eran muy gráficos. Algunos diarios no los pude leer porque estaban en un idioma que no conocía.

Los sabios que habían enfrentado al mal pudieron entender el comportamiento de los reptiles y en donde se ocultaban. Comprendieron su forma de ser y sus debilidades. Con las victorias obtenidas fueron perfeccionando técnicas para combatirlos, aunque el mal parecía más fuerte siempre tuvo una debilidad. Entonces decidieron crear una orden monjes soldados para combatirlos y así poder estar preparados para la próxima venida del mal.

Estábamos a horas de la próxima apertura de un portal. El lugar solamente lo sabía el gran maestro. Él nunca lo habia dicho, guardaba ese secreto porque podía ser un riesgo decirlo antes de la apertura. Porque el mal se encontraba en todos lados y podría adelantarse a nosotros. Ya había pasado que cuando los monjes llegaban al lugar, una horda de demonios los esperaba para matarlos. Luego de la matanza, los demonios podían abrir el portal sin ningún problema.

Capítulo 2

 Yo esperé esa fecha desde joven, desde que mi mentor, me dio esa tarea. El me dio una sola tarea, yo pensé que era una leyenda, un cuento. Que era una idea, o metáfora. Pensé que debía tener paciencia para luchar contra el mal, pensé que esa tarea encomendada era para que yo siempre esté alerta a los sucesos.
Habían pasado quince años desde que me encomendaron esa tarea. Habia preparado mi cuerpo y mente para luchar contra la gárgola que vendría. No sabia qué gárgola entraría por el portal. Sabia que el mal mandaría a la más fuerte. Habia visto ilustraciones de lo que me iba a enfrentar,pero nunca estuve frente a frente. En el dibujo parecía un ser más alto a comparación mía, sé veía a la gárgola más fuerte físicamente. Pero habia una oportunidad de ganar. Era cuando la gargola pasara del portal de su mundo al nuestro. En ese momento es cuando está mas debil. Si no se mata en esos minutos, el reptil recuperaria sus fuerzas y seria casi inbatible.
 Hubo un periodo de paz para este mundo, pero no duró por mucho tiempo. Hace milenios que los reptiles quieren apoderarse de la tierra. Es un lugar muy preciado por el mal, tiene todo lo que ellos necesitan, quieren hacer de este mundo su nuevo mundo. Además nos quieren esclavizar, el ser humano para ellos es un ser inferior, un ser despreciable.
 Ellos ganaron algunas batallas, nosotros también, es una lucha que nunca va a terminar, siempre va haber guerra. Todavía no han podido entrar definitivamente, han pasado algunos demonios menores, pero no han entrado los de más jerarquía. Cuando entre uno de los mas fuertes y tome un centro de poder como el lugar donde se abrirá el portal, podrá ayudar a que entren más y no podremos contenerlos.
Mi orden religiosa a la que pertenecía era secreta, éstabamos a la orden del vaticano, pero no podiamos decir que perteneciamos a ellos. Cuando me educaron me enseñaron a tener fe, a ser prudente, que el conocimiento que tengo es mínimo, comparado a lo que se puede aprender en esta vida. Por suerte era bastante joven, me sentía muy fuerte. Tuve una vida de armonía y felicidad, aunque el entrenamiento era rigurozo nunca me faltó nada espiritual. Los monjes me enseñaron a controlar la fuerza mental, sobre todo. No tenía una gran fuerza física, no podia comparar mi fuerza con la de una gargola. El humano no es rival fisicamente contra este tipo de reptil. La fuerza para destruir el mal es la mental, si no tenía mi mente clara, aunque sea muy fuerte fisicamente no tendría coraje, ese era el consejo que me daba siepre mi maestro.
Las gárgolas son como soldados, ellos vienen para hacer el camino para los demás, los grandes maestros reptiles no vienen en los portales, porque son más vulnerables en este mundo. La tierra no tiene su atmosfera ni su tipo de aire, son más susceptibles a enfermarse. Por eso los maestros reptiles no entran por los portales, mandan a sus soldados, luego cuando esté conquistado el planeta, ellos vendrán.
 Hace mucho tiempo atrás pudieron entrar por los portales, reptiles, gárgolas, dragones y otro tipo de seres. La humanidad sufrió el peor de los infiernos. En esa época no había mucho conocimiento de los portales, tampoco conocíamos a este tipo de seres. Tampoco sabíamos mucho de como detenerlos ni como destruir los portales, la humanidad estaba indefensa. Los textos que sobrevivieron el paso del tiempo cuentan atrocidades cometidas por los reptiles, grandes matanzas y sacrificios. Todo era para apoderarse de la tierra.
La apertura del portal no se puede detener con las oraciones, pero eran esenciales para que se pudieran mantener abiertos, nunca se pudo cerrar un portal con oraciones. Si se pudo una vez paralizar a una gárgola. En esa historia se cuenta como 10 curas rezaban en el idioma de estos reptiles y el animal no soportaba las oraciones. El animal no podía reponerse, estaba aturdido, entonces quedó tendido en el suelo. Les dio el tiempo necesario a los sacerdotes, para que pudieran clavarles unas dagas en el cuerpo y luego quemarlo con queroseno. Así pudieron vencerlo, también

destruyeron el lugar para que no pudiesen entrar otra vez por ese portal.

 Cuando algunos humanos se enfrentaron y pudieron matar a algunas gárgolas empezaron a escribir y contar sus historias. Fueron hechos históricos, hizo que la humanidad se diera cuenta que ellos no eran tan fuertes como parecían. Las historias de cómo defenderse y combatirlos se empezaron a pasar de boca en boca y los escribas pudieron hacer libros con los relatos. Los humanos crearon armaduras y armas para enfrentarlos. Al poder matar a los dragones y luchar contra las gárgolas le dio a la humanidad un poco de esperanza. Los reptiles se sintieron más débiles, sabían que no podían vencer definitivamente al ser humano. Entonces crearon portales lejos de las ciudades o los escondieron en sus templos para escapar. Pero ellos también pudieron aprender de sus errores, están esperando el momento indicado para regresar.

CapÍtulo 3

Era una tarde de invierno, el sol brillaba, aunque estaba ocultándose. Para mi era el comienzo de mi misión de vida, me preparé toda la juventud para ese momento. Estaba en mi cuarto ultimando detalles para salir al encuentro. Mi mente estaba quieta, pero el cuerpo temblaba. Me senté en la cama y respiré varias veces profundamente, medité un rato, me enfoqué en que iba a encontrar y como detenerlo.

 A mi enemigo lo había visto en dibujos, pero no conocía cómo sería realmente, cómo olería, cuanto mediría. Sabia algunas cosas de ellos, como que no les gusta que le hablen en su idioma, les molesta que un ser humano les hable. Ellos son más fuertes que nosotros, porque Son altos y musculosos, tienen alas, su piel es escamosa y densa. Pero nosotros tenemos algo muy poderoso, que ellos han perdido, el amor y el coraje. A mi mente, la preparé por mucho tiempo, para no demostrarles miedo, ellos se enfatizan al sentir el miedo. Por eso tengo que luchar con todo mi corazón y con coraje.

 Era un monje luchador, estaba impaciente por enfrentar mi destino. La vida me llevó a ese momento. Respiré profundamente para concentrarme, pero era imposible. Mi maestro estaba por venir a buscarme, él me llevaría al lugar donde se encontraba el portal. Preparé mis armas, ordené todo cuidadosamente. Tenía una daga con mango de plata, su filo era de acero con incrustaciones de oro. Estos materiales, son tóxicos para las gargolas, el oro al entrar en contacto con su sangre los intoxica, su sangre se contamina, sufren mucho al ser cortados. Armaduras no llevabamos, eran pesadas y perdiamos movilidad, seriamos presas más faciles.

 En cuanto el reptil salga del portal teniamos pocos minutos para atacarlo. El pase entre dimensiones hace que su cuerpo se entumezca, se sienten atontados, además el cambio de clima hace que sus entrañas sufran dolores. La gárgola en ese momento estará atontada, después se irá recuperando y empezará a retomar fuerzas y sería casi imposible matarla.

Me enseñaron hablar en su idioma, sabia que decirle, que oraciones les molestan. Pero antes de enfrentarla, mi mente planteaba sus dudas. Tenia 23 años, mi cuerpo estaba cuidado, siempre habia alimentado mi mente con libros, oraciones, conjuros y espíritu. Y realmente no me quejo de eso, los monjes cuidaron de mí, yo se los agradezco de corazón. Pero la duda siempre estuvo en mí, y yo no podia contradecir a mi maestro ni a los monjes.

Siempre tuve dudas sobre mi misión, porque solamente algunos pocos nos enfrentariamos a una gárgola, sabiendo que era un ser más fuerte en todo sentido. Seriamos algunos pocos los elegidos para enfrentar al mal. En los viejos textos, se mencionan que por lo menos 20 personas la atacaban a la vez y muchos de ellos morían.

La gárgola tiene sus defensas. Es más alto, más fuerte, su piel es escamosa, pero con escamas chicas, una sobre la otra, tiene la piel de una víbora, que es casi impenetrable. Tiene una cola que se extiende de su columna vertebral,que es vigorosa. Sus alas terminan con una falange en forma de cuerno y en su cabeza tiene un cuerno sobre su nariz. Yo en cambio media un1,76, mi fuerza no era comparable a la de ella. Además, seriamos solamente 7 personas. Eso me lo dijo mi maestro un día antes de luchar contra la bestia.

Hice mis últimas oraciones y escuché unos golpes sobre la puerta, era mi maestro.

-Ya tenemos que irnos. - me dijo

-si ya lo sé.- se lo dije firmemente.

Me hice la señal de la cruz en la frente, besé mi daga y bendije un collar de una cruz de cristo de plata. Me levanté y me puse mi habito negro. Aparte de mi daga, tenía un brebaje, era un exaltador, era una bebida espirituosa, que me ayudaría a enfrentar el mal, mi maestro no sabía que la tenia preparada. Pero yo había leído de este brebaje en un libro viejo y lo habian usado para luchar contra los demonios. Esa bebida espirituosa nunca me la habian enseñado a preparar en el monasterio. La habia preparado yo mismo, no sabia si funcionaría, pero en los libros decian que les sirvió para mantenerse con vida. También llevé mi libro de oraciones.

Al salir de mi habitación, vi a mi mentor, él estaba viejo para acompañarme, pero también quería enfrentar a la bestia. Estaba en estado pero ya no tenía la misma fuerza que años atrás. Él es uno de los que se habia enfrentado a una gargola años atrás, el unico que sobrevivió. Se persignó, hicimos nuestra oración de hermandad, pidiéndole al señor que nos acompañe en esta misión. En esta oración pedimos fuerza y protección para un enfrentamiento, son unas de las pocas oraciones que elevamos para la batalla.

 Salimos del monasterio caminando por el jardín hacia la puerta de entrada. Era de tarde, el sol se había ocultado, se escuchaban los carruajes llegar y a los caballos relinchar. Lo único que sabía era que el portal se abriría a las 3 de la mañana. No conocía a cuántas horas estábamos del lugar, tampoco los nombres de las personas que nos acompañarían.

 En la puerta del monasterio estacionaron dos carruajes, en uno estaban los maestros y en el otro los guerreros. Sabía que íbamos a ser pocos, pero realmente éramos muy pocos, 7 luchadores en total. Los 4 maestros van en el otro carruaje con el maestro mayor.

El maestro mayor era un anciano, era la primera vez que lo veía, tendría 80 o 90 años, pero caminaba erguido y parecía fuerte. Él era el que sabía dónde estaba el portal con exactitud, yo sabía que era cerca de esta región, pero el lugar exacto no. Además, él tenía más conocimiento para decir las oraciones para debilitar a la bestia. Me confortó mucho que él nos acompañe, él se enfrentó a una gárgola hace muchos años, era uno de los pocos que sobrevivió.

CapÍtulo 4

Subí al carruaje donde estaban los 6 luchadores de los otros monasterios, yo era de la zona norte, había uno de zona sur, dos del este y tres del oeste. Todos nos habíamos preparado para ese momento, estábamos todos armados con nuestros libros de oraciones y las dagas y cada uno tenía una cinta de color atada en el brazo que nos diferenciaba de la zona de dónde venimos. Estar con ellos me confortaba porque éramos monjes preparados. Sus físicos y actitud me demostraban que no iban a tener miedo, podía sentir que eran los mejores de cada zona. No los conocía, pero por lo que pude ver estaban decididos a realizar la tarea.

 El viaje se hizo bastante largo, parecía interminable, no sé cuánto tiempo había pasado. Sabia que estábamos subiendo una montaña, el carruaje se movía para todos lados y la luna alumbraba las rocas. Luego de un rato dejé de mirar por la ventanilla y me puse a rezar. En mis oraciones pedí que me haga fuerte, que tenga coraje. El miedo no se podía percibir dentro del carruaje, nadie hablaba, todos estábamos en silencio. Algunos oraban, otros tenían sus ojos cerrados, no demostraban ningún sentimiento. En medio de mis oraciones tuve una revelación, vi el rostro de la gárgola ensangrentada. Mi corazón palpitaba muy rápido, la sangre se me había congelado, era la primera vez que sentía algo así. Mi cuerpo temblaba y sudaba. Me puse muy alerta, sentí que iba a ser una lucha feroz. Cuando abrí los ojos luego de esa visión, uno de los que estaba junto conmigo en el carruaje me preguntó si había sentido lo mismo. Le dije que pude ver el rostro del mal, él también lo vio, todos los que estábamos lo vimos.

El carruaje disminuyó la velocidad, se escuchaba el relincho de los caballos, y el grito del jinete deteniéndolos. Entramos al parque de una catedral que nunca había sido habitada. Era un lugar tenebroso, no tenía la forma de una catedral común. Tenia un domo de cristal en vez de un techo con caída hacia los costados. No había una cruz encima de la puerta principal, tenian gargolas de piedras en la entrada, nunca había visto una así. Además, no había ventanas hacia afuera, solamente

tenia la entrada con unas puertas muy grandes, tendrían unos tres metros de altura.
Era el lugar donde se abriría el portal, fue construida a propósito ahí, encima de una
montaña.Además, es un lugar donde se encuentran las líneas de orden de la tierra. Estas son unas
líneas energéticas que se usan par trasmutar pensamientos, es difícil dar una explicación certera
sobre ellas, pero los grandes monumentos de la humanidad las utilizan. Gracias a estas líneas
energéticas se logra pasar de un lugar a otro, son la clave de los portales. Si se quiere abrir un portal
en un lugar que no sea con estas líneas no se podría definir lugar ni tiempo. Los viejos sabios,
aprendieron esto con muchos años de estudio, por eso fueron precavidos y ocultaron los lugares de
los portales con capillas, monasterios y otros edificios. El lugar fue escogido con un fin, en el caso
que se abriera el portal, los poblados más cercanos tendrían un lapso de tiempo para escapar. Este
lugar fue hecho hace mucho, me di cuenta por el estado del material con el cual está construida y
por la forma. Se notaba que nadie iba hace mucho, estaba sucia por fuera y la vegetación la tapaba.
Cuando bajamos del carruaje, vi que éramos 12 en total, me tranquilizó un poco, no éramos
bastantes para la gran pelea, pero pensé que quizás dentro de un rato llegarían algunos más. Los
maestros y el gran maestro antes de entrar a la catedral se persignaron y nos dieron sus bendiciones.
Ellos entraron primero, el gran Mestro tenía las llaves, abrió las puertas, se arrodillo y hizo una
oración, luego entramos todos los demás.
Por dentro, la catedral tenía columnas gruesas, la cúpula era de vidrio, tenía un vitró de una cruz.
No era un vitró común, parecía más un mapa, la cruz no era perfecta, señalaba puntos de la tierra.
Nunca había visto una catedral tan grande, en las esquinas superiores había gárgolas de material,
eso me alertó que el lugar era diseñado exclusivamente para los portales. No se hacían misas, ni
otro tipo de ritos, el lugar se conservaba solamente para esa ocasión.
Los maestres llenaron de aceite los candelabros y los prendieron. Luego prendieron los cirios y
salpicaron el piso con agua bendita. Los guerreros nos arrodillamos y saludamos al señor creador
aunque no había ningún crucifijo detrás del altar. Luego hicimos una oración entre todos y cerraron
las grandes puertas de la catedral con llaves y unas cadenas. El gran maestro se acercó al centro de
la catedral, se arrodilló e hizo una oración. Noté que en el piso habia un gran circulo dibujado de
color rojo y dorado.
Nosotros fuimos adelante, frente al altar y nos sentamos en los bancos, nos pusimos a orar, quizás
eran las dos de la mañana. Los 4 maestros prepararon el altar, luego comenzaron una misa, para
bendecir nuestras dagas y nuestros libros de oraciones. Ellos con una daga viejísima que era cuidada
en nuestro convento, se cortaron la palma de la mano, dejaron correr la sangre sobre una pequeña
vasija. A la misma le pusieron un líquido y la mezclaron con la sangre. Hicieron una oración,
impusieron sus manos hacia esa vasija, luego se untaron la frente con ese líquido mezclado con la
sangre. Un maestro de otra congregación tomó la vasija, le puso un aceite color violeta y mezcló
nuevamente. Cuando se hizo un líquido espeso como gelatina, nos dio un poco de esa mezcla a
beber a cada uno de los monjes que estábamos para luchar contra la gárgola. El gran maestro había
subido hacia un palco que estaba en el primer piso de la catedral, desde allí oraba con un libro, se lo
notaba muy tranquilo. Yo nunca había escuchado o leído de ese ritual, nunca habia leido en los
diarios de los luchadores ese tipo de preparación. Cuando saboreé el brebaje, su sabor era dulce,
pero luego se volvió amargo. Era un gusto seco, se sentía el sabor a sangre, y un sabor que no
podría describir. Luego dieron por terminada la misa y nos dijeron que nos preparáramos, que ya era
tiempo para que se abriera el portal.

CapÍtulo 5

Nos levantamos y corrimos los bancos hacia la puerta de entrada dejandola tapada para que la
gargola no se escape , esto dejo al descubierto lo que habia en el piso. Habia una estrella de 6
puntas dibujada en el piso, pensé que era un círculo dorado con rojo, pero al sacar los bancos se
pudo ver la figura completa de la estrella, ese era el lugar donde se abriría el portal.
   3 maestros subieron por una escalera al piso arriba, donde estaban los palcos. Se juntaron con el
gran maestro a orar. Los que estábamos abajo, los podíamos ver orar muy energicamente, estaban

exsaltados. El viejo maestro leia un libro viejísimo,que en la portada se podía leer ¨libro de
portales¨, pero escrito en latín. Él empezó a leer y los demás lo repetían, estaban orando, yo podía
reconocer algunas palabras, pero otras no. Uno de los maestros se había quedado abajo rezando
dentro del dibujo de la estrella, nosotros los 7 guerreros, tambien nos pusimos a rezar.
El líquido que nos habían dado nos estaba haciendo efecto, me sentía reanimado. Vi a los demás
también ponerse eufóricos. Nadie decía más que oraciones, notaba en sus miradas que el miedo
había desaparecido. Teníamos todos el mismo aspecto, estabamos enardecidos, nuestros rostros se
habian puesto más colorados, yo sentía un fuego interno.
 El maestro que estaba con nosotros nos dijo que el portal se estaba abriendo, en su cara se veía una
expresión de miedo. Pude ver que del piso se formaba un vórtice, del cual salió una luz. Esta se iba
haciendo cada vez mas blanca. Luego el vortice se fue haciendo más grande, a medida que esto
pasaba, los maestros oraban casi gritando, no veían lo que estaba pasando abajo, ellos estaban
concentrados en repetir las oraciones.
Se abrió el portal, el olor que salió de él era nauseabundo, todo el lugar se impregnó de ese olor.
Cuando la gárgola salió, no era como yo me la esperaba, era muy grande tenía alas muy grandes.
En su cabeza tenía tres cuernos, medía 2,5 metros de altura, capas media más. Se le podía notar su
escamas de color rojizo, sus ojos eran rojos también. Sus manos eran musculosas y las uñas de sus
garras eran muy afiladas. Al salir del portal esta bestia aun no podía moverse mucho, estaba
atontada por el traspaso del portal, pero dio un grito aterrador, que nos hizo temblar.
 Cuando vi al demonio y al oler ese aroma nauseabundo, entré en un estado de somlonencia y
pánico. Pero no era por la gargola, sino que mi mente estaba confundida, no veía nada claro, se
movía todo a mi alrededor. La pócima que nos dieron era un veneno más que un exaltador. Quise
sacar mi daga, pero mi mano no respondia bien, estaba temblando. Empecé a sentirme mas devil, la
euforia del principio se habia ido, me estaba quedando paralizado.
 El maestro que estaba con nosotros se puso delante del portal y nos miró a todos. Le dijo algo al
demonio con vos tan fuerte, que retumbó en la catedral. No entendí que dijo, fue un sonido, no una
palabra, fue una orden. La gárgola lo miró, pasó delante de él y no le hizo daño. Aunque estaba
débil, se dirigió hacia nosotros con impetu. En su rostro se notaba un gesto de odio, aunque era un
reptil, su expresion era la de un asesino.
 Quise tomar mejor la daga, pero las manos no me respondían, aunque por dentro sentía miedo, no
me podía mover. Los demás tampoco podían moverse, estábamos confundidos queríamos atacar,
pero no podíamos. Veíamos como se acercaba la bestia y no podiamos escapar. Ella también estaba
adormecida, tambaleaba, pero era fuerte y podia mantenerse en pie. El maestro se le acercó
nuevamente y le dijo algo a la bestia. Esta con más agresividad se nos acercaba, trataba de extender
sus alas aunque todavia no podia.
 Entendí lo que estaba pasando, el brebaje que nos dieron era un paralizante. Nosotros éramos la
comida de la gárgola, ella nos necesitaba lo más sanos posible, eramos su primer comida en este
mundo. Por eso eran los años de entrenamiento, necesitaba nuestra sangre lo más pura posible. Mi
mente se enfureció, se nubló, mis ojos se movían para todos lados, estaba muy mareado. Me caí al
piso, no podía levantarme, yo solamente pensaba ¿porque los maestros nos habían envenenado.?
Los monjes que podían mantenerse en pie escaparon hacia la entrada de la catedral, yo y un par más
estábamos arrastrándonos por el piso. Un solo monje pudo atacar, se le acercó con la daga a la
gárgola. Pero no podía darle en el cuerpo, estaba tan envenenado, que se cayó delante de la bestia.
Entonces la gárgola lo agarró del cuello y se lo quebró, lo mordió y le chupó la sangre. El rostro de
la bestia se enrojeció y cambió, se estaba volviendo más fuerte con nuestra sangre.
Yo habia creído que mi misión era prepararme para poder vencer a esta gárgola, pero me di cuenta
de que no era así. los maestros que estaban en los palcos de la catedral observaban como la gárgola
devoraba a uno de nosotros y no se inmutaban, ellos seguían rezando. Yo estaba confundido y mi
cuerpo no podía moverse rápidamente. Me arrastré por el piso, pude ir hacia la puerta de entrada
para escapar. Varios de nosotros nos escondimos detrás de una pared que divide la entrada con el
salón . Tratamos de salir, pero el gran maestro le había puesto unas cadenas con candados, ademas
la habiamos tapado con los bancos. No teníamos chances de salir, tarde o temprano seriamos

comidos por la bestia. Algunos empezaron a sufrir mucho miedo y la gárgola podía sentirlo, la enardecía aún más. Ella sentía el miedo y lo disfrutaba, se alimentaba de la debilidad humana. Cuando terminó de beber la sangre del monje que había matado, lanzó el cuerpo sobre un monje que estaba desvanecido en el piso y fue por él.

 El monje del sur pudo recuperarse un poco, el no habia bebido mucho veneno. Él podía pararse y mantenerse en pie. Tomó dos dagas que estaban en el piso y salió a luchar contra la gárgola. Pero la bestia, había tomado a otro monje y lo estaba comiendo. El monje del sur aprovechó la situación y le clavó en la espalda las dagas. Cuando la gárgola sintió las dagas penetrar su piel, soltó un alarido espeluznante. Con su cola volteó y desmayó al monje del sur y le pisó fuertemente la cabeza, lo mató.

Quedábamos 4 en pie, tomamos coraje para poder vencer a esa gargola. El efecto del veneno estaba yéndose, aun no nos podíamos mover mucho, pero teníamos más clara la mente. Nosotros Tal vez tuvimos suerte, no habíamos tomado tanta poción para quedarnos desmayados, pero si fue suficiente para paralizar las piernas y los brazos. Nos empezamos ayudar entre nosotros para poder luchar, nos juntamos detrás de la pared que da al salón principal para rearmarnos. El viejo maestro al ver esto mandó a un maestro a que ayudara al que estaba abajo a mantener el portal abierto. Los maestros que estaban en el palco se pusieron nerviosos y empezaron a orar en una lengua desconocida. La gárgola al escuchar estas oraciones los miró y empezó a sentirse más fuerte, ellos le estaban alabando, estaban orando por el mal.

CapÍtulo 6

Vi que dos de los maestros estaban cerca del portal, estaban tratando mantenerlo abierto por más tiempo. La gárgola no se les acercaba, no les prestaba atención, ellos controlaban a la bestia. Pude ver lo que había del otro lado del portal, era un salón tan grande como en el que estábamos. No pude distinguir si había alguien más para pasar para este lado, la luminosidad del portal me enceguecía, el veneno aun hacia un poco de efecto.

Uno de los monjes del norte fue a matar a su maestro, era uno de los que estaba manteniendo abierto él portal. El monje se sintió decepcionado y traicionado, en su rostro se notaba la furia y la sed de venganza. Pero no pudo hacer nada, la gárgola lo interceptó antes de que pudiera llegar lastimar a su maestro. La bestia le sacó la cabeza de cuajo.

 En el ambiente se sentía el olor a sangre que se mezclaba con el olor a repugnancia del reptil y de los cadáveres. Apenas se podía respirar, tampoco había mucha luz, la catedral era un matadero.

Yo transpiraba, me podía mover un poco más rápido, creo que con las tranpiracion el veneno perdia mas su efecto. Mi mente se había despejado, ya podia ver mejor. Empecé a pensar como derrotar a los maestros y a la gárgola. Ella aun no podía volar, todavía teníamos chances de poder matarla. Cuando pudiese volar, estaría con todas sus fuerzas y será imposible vencerla.

Yo descreía de mis creencias, porque tantos años preparándome para este momento y resultó ser que fue todo lo contrario. Elevé una plagaría hacia el dios universal, le pedí que nos ayudara. Los otros monjes también rezaron, pidieron por sus vidas. Ya no nos quedaba tiempo, la bestia se hacía más fuerte a medida que nos comía. Nos juntamos y hicimos un plan entre los 3 para poder salir. Aunque sea, uno solo tenía que quedar vivo. Tenia que contar lo que nos pasó en nuestra misión. Los tres, decidimos que teníamos que matar a los maestros que mantenían el portal abierto, si entraba otra gárgola, era el fin de nosotros. El plan que hicimos era que, uno trataría despistar a la gárgola, mientras los otros dos irían a matar a los maestros que estaban manteniendo abierto el portal. Sacamos nuestras dagas y las bendecimos, sabíamos que era nuestra única oportunidad para detener a estos malditos.

El monje que iba a enfrentar la gargola, se persignó y salio corriendo a enfrentarla .Cuando el monstruo, lo vio se deshizo del que estaba comiendo. Miró fijamente al monje que iba a enfrentarla y se le abalanzó. Ese era el momento que nosotros esperábamos para poder atacar a los que mantenian abierto el portal. Fuimos corriendo hacia los maestros con las dagas en las manos, cuando ellos nos vieron dejaron de rezar y sacaron sus dagas también, nos iban a enfrentar a muerte.

En ese momento el portal se cerró un poco, aunque aún seguía brillando. Cuando estuvimos cara a cara, el maestro del sur me hizo un corte con su daga en el brazo. El era un hombre viejo y no podia moverse rapìdamente, yo le pude dar en el corazón. Cuando inserté la daga, pude ver en su rostro que algo cambió. Sus ojos dejaron de brillar, la expresión de su rostro pedìa perdón. El otro monje estaba luchando contra su maestro, este no era tan viejo como el del sur, sus movimientos eran mas rápidos. El monje había recibido una herida en la pierna. Saqué mi daga del corazón del maestro del sur y fui atacar a ese maestro. Le di una puñalada en la espalda, cuando sintió mi daga en su espalda no tuvo oportunidad de atacarme entonces su discípulo le cortó el estómago. Aunque los que estaban rezando para mantener el portal abierto habían muerto, este seguía brillando.
El monje que estaba enfrentando a la gárgola, estaba extenuado, no podía escapar más. Aunque con la daga le había dado varias veces a la bestia, no le hacía daño. Ademas él tenia varias heridas El monje del sur me dijo que yo vaya por los maestros que estaban en el palco, el ayudaría mantener distraida a la gargola.
Fui hacia una puerta que estaba detrás del altar, esta llevaba hacia las escaleras que subían hacia el piso de arriba. Estaba cerrada con una cadena, como no podía romperla con la daga, rompí la puerta patadas. Cuando subí me encontré con mi maestro. Él y los otros maestros sacaron unas dagas, me iban a enfrentar, mientras el más viejo seguía orando con el libro sobre sus manos. Uno de ellos me dijo que ya era tarde que no podíamos hacer nada, ellos harían que los reptiles se apoderaran de nuestro mundo.
 Miré hacia abajo, pude ver como la gárgola se estaba devorando al monje del sur, el otro había dejado de luchar, no lo podía ver, no estaba seguro si estaba muerto o si se había escondido. Pensé que ya estaba todo perdido, pero los mismos que me traicionaron, me enseñaron a no rendirme. Saqué mi daga, quise atacar a los maestros, pero uno de ellos le habló a la gárgola con toda autoridad. La bestia trató de volar , pero no pudo. Todavia no tenia todas sus fuersas. Se trepó sobre una columna y trataba de subir. Mi maestro, me atacó, pude bloquearlo y le corté el rostro. Cuando él se tocó la cara, vio que estaba sangrando, se enfureció y sus ojos cambiaron.
- ¿Porque te vendiste al mal? - le pregunté
-Ya no hay posibilidades de retroceder en el tiempo. –
-Todo lo que me enseñaste fueron mentiras. -
-No, son verdades, pero ya no funcionan. –
Luego me dijo..
Yo fui como vos, estuve mucho tiempo esperanzado de un mundo mejor, pero somos peores que los demonios. Yo quise ser más fuerte, en un tiempo fui el mejor, pensé que lo era. Pero una vez enfrentamos a una gárgola con otros monjes, creímos que podíamos derrotarla. Pero no fue así, ella fue matándonos a todos, hasta que quedé yo solo. Ambos estábamos mal heridos, la batalla fue intensa, pero tuve una única oportunidad y le pude dar un golpe mortal en el cuello. Pensé que la había matado, pero no. Yo estaba muriendo, tenía el cuerpo destrozado, apenas podía respirar. La gárgola también estaba muriéndose, pero aun podía pelear. El portal había quedado abierto, no lo habíamos podido cerrar. Con mis pocas fuerzas quise cerrarlo, pero la bestia se reincorporó y me dio un zarpazo por la espalda. Quedé tirado en el piso, no había nada más por hacer, había perdido. La gárgola se desangró, por la herida en el cuello y murió delante mío. Del portal salió un ser, muy poderoso, me ayudó a sobrevivir. Yo queria seguir viviendo, era muy joven para morir , hice un pacto con ese ser. Me sanó las heridas inmediatamente, como el me ayudó yo debía ayudarlo a vivir en este mundo hasta que el portal se abriera otra vez. Tengo que cumplir mi promesa, yo he vivido muchísimos años. Puedo envejecer, pero desde ese día siempre me he sentido fuerte y sano. Sabes que los pactos se deben cumplir y cuando las gárgolas estén en este mundo yo seré un comandante, deberán seguir mis órdenes y los humanos estarán a mi servicio.
Mi maestro me había decepcionado, tantos años preparándome, me había educado desde mi juventud, me había hecho perder toda mi vida, todo lo que había hecho por esta misión, este encargo, todo había sido una mentira.

CapÍtulo 7

Mi maestro, se abalanzó sobre mí, pero detrás mío salió una daga que le cortó la garganta. Detrás mío estaba el monje del este, había podido escapar. Pero no fue suficiente, las heridas en mi maestro sanaban muy rápidamente.

El gran maestro le habló a la gárgola con un grito y esta empezó subir por la columna tan rápidamente como podía. El monje que me acompañaba directamente fue a matar a su maestro, lo tomó del cuello y lo estranguló, luego lo tiró del palco hacia el piso de abajo. La gargola se bajó de la columna, agarró al maestro, le arrancó la cabeza y bebió su sangre. Al sentir el sabor de la sangre del maestro se sintió más fortalecida, extendió sus alas y su cola se agitó abruptamente.

El gran maestro, dejó de orar, su forma habia cambiado. Se había convertido en un ser reptil, su cara había cambiado totalmente. Luego se quitó parte de sus atuendos , su cuerpo era parecido a la gárgola, pero de menor tamaño. Tenia escamas, sus ojos eran rojos, sobre su cuello se notaba un colgante, tenía un amuleto. Mi maestro al ver esto, sintió miedo, pude ver en su cara el miedo, no tenía esa cara de hombre duro con la que siempre lo vi. Se dio cuenta que ya no tenía poder sobre nada y que había sido engañado por muchos años. Lo habían utilizado, le habían enseñado muchos encantamientos, pero para los reptiles esos eran los más débiles que le podían enseñar.

Aproveche que estaba distraido y Le inserté mi daga en el pecho, él me miró y no podía entender lo que estaba pasando, sus poderes habían desaparecido, estaba sangrando y tenía una herida de muerte. El monje del este le insertó su daga en el estómago, mi maestro cayó al piso. Ya no tenía fuerzas para seguir luchando, sabía que ya no podía hacer nada, me miró y me pidió perdón, luego murió desangrado.

El gran maestro, ya no era humano, nos atacó con sus garras. Recibí un corte en el brazo y en la pierna, aunque el era viejo podía moverse muy rapido. Pero tampoco podía atacarnos a los dos juntos. Luego se abalanzó sobre el otro monje y le lastimó el pecho, pero recibio un corte en el estomago. Este reptil no era muy fuerte, porque sus heridas no sanaban tan rápido, estaba perdiendo sangre. Quise atacarlo, pero me golpeó la cabeza y me tiró contra la pared. Quiso apuñalarme en el corazón, pude esquivarlo, porque el monje del este le pudo dar una puñalada en la espalda. El gran maestro gritó y se quitó la daga de la espalda. Golpeó al monje del este y lo dejó tirado en el piso. El gran maestro empesó a bajar la escalera, queria escaparse por el portal antes que se cerrara. No le quedaba mucho tiempo, entonces le pidió a la gárgola que nos matara, esta ya estaba con todas sus fuerzas.

 La bestia se elevó con sus alas y alcanzo rápidamente el palco, su furia se percibía en su mirada. Quería matarnos y no se detendría. Yo pude levantar del suelo al monje herido, lo llevé hacia las escalera para poder bajar hacia el salón principal. La gárgola no nos persiguió, se quedó devorando el cadáver de mi maestro.

 Quedábamos dos guerreros solamente y teníamos que enfrentar al gran maestro y a la gárgola. Lo que nos mantenia en pie era nuestra fuerza mental, pensabamos en salir vivo de aquel lugar. Manteníamos nuestra fe en el gran creador, sabiamos que para salir teniamos que dar hasta el ultimo respiro. Pudimos bajar las escaleras, pero ya las heridas, nos estaban debilitando. Ambos estábamos perdiendo sangre.

El gran maestro nos estaba esperando al final de la escalera. En su mano tenía una daga diferente a la de nosotros, sabia que no nos rendiríamos fácilmente. Si el trataba de mantener el portal abierto, seria blanco fácil para nosotros, por eso nos iba a enfrentar. Sus ojos, ya no tenían sentimiento, eran de víbora. Llevaba un manto que le cubría el cuerpo, pero le dejaba al descubierto su cara. En su mano tenía la daga y en su cuello brillaba el amuleto.

 Los dos monjes enfrentamos al gran maestro, yo recibí un corte en la cara, el otro monje le pudo lastimar un brazo, pero el recibió un corte en una pierna. Entonces el reptil lo tomó del cuello y lo levantó del suelo, aproveché que no me veía y pude darle por la espalda. Sintió un gran dolor, dio un grito espeluznante, se dio vuelta y me miró son sus ojos color rojo ^llamas^. Quiso clavarme su daga en el corazón. Aunque el monje del este que estaba mal herido lo tomó por la cintura y le quitó la daga. El gran maestro se dio vuelta y con sus garras le arañó la cara. Corrí hacia él y por detrás le clave mi daga en el estomago. Cuando empezó a salir sangre, la gárgola sintió su olor y dejó de comer. Bajó hacia donde estaba el portal y venia a comerse al gran maestro. Tomé de los brazos al monje del este que estaba en el piso y lo arrastré hacia atras del altar. La gargola no nos siguió, ella queria beber la sangre del gran maestre reptil.

La gárgola se acercó al maestro reptil, él aún estaba vivo. Él Le quiso hablar, pero la gárgola, olfateaba su sangre que la enardecía más, sentía el sabor, sentía el miedo. El maestro viejo le gritaba, pero era inútil, la gárgola lo comió con voracidad. Lo tomó del cuello y le arrancó la cabeza, la sangre que salió era muy espesa. Yo vi todo escondido detrás del altar, tenía mucho miedo, porque el animal se había fortalecido del todo.

Teníamos que aprovechar que la gárgola estaba comiendo y matarla en ese moneto. Porque si el portal se cerraba ya no tendriamos mucha luz para ver, solamente estaria la luz de los cirios y candelabros. Seriamos presas fáciles para la gárgola en la oscuridad. Nosotros no podemos ver sin luz, la gárgola era un animal nocturno, es su ámbito natural.

Mi hermano de lucha, el monje del este ,se reincorporó, me miró y me dio su daga. Pero yo solo no podía atacar al reptil, teníamos que atacar entre los dos. Entonces le pedí que diera su ultimo esfuerzo. Ël me miró y comprendió que ya no teníamos posibilidades de salir. Se puso en pie, tomó su daga, yo tomé con todas mis fuerzas la mía y nos preparamos para la última lucha.

La gárgola estaba ocupada bebiendo la sangre del maestro, no se dio cuenta que yo iba hacia ella, el otro monje también se abalanzó. Yo pude encestarle mi daga sobre su columna, el otro monje le dio una puntada sobre un costado. La gárgola empezó a sacudirse, nos tiró al suelo. Luego me atacó con un zarpazo y me hirió. Al otro monje le dio un coletazo y lo lanzó hacia una pared. Me di cuenta de que no lo podíamos derrotar así, nosotros dos estábamos agotados y demasiados lastimados, la gárgola no nos mató porque quería terminar su banquete.

Mi maestro, aunque su misión era otra, me enseñó que el gran maestro tenía un amuleto para poder destruir demonios grandes, era un amuleto que él nunca pudo saber cómo se construía, pero sabía que lo tenía siempre en su poder el gran maestro. A él le habían dicho que lo iba ver el ultimo día cuando aparecieran las gárgolas y no pudiesen controlarlas. Yo vi ese amuleto, sabía que lo tenía en el cuello el gran maestro, pero su cuerpo estaba destrozado.

El otro monje también estaba mal herido como yo, le pedí que tratara de entretener a la gárgola, así me daba tiempo para buscar el amuleto, esa era nuestra última oportunidad. Él tenía una fuerza de voluntad inquebrantable, sabía que estaba muriendo, aun así se levantó. Le tiró un pedazo de tabla de un banco a la cabeza de la gárgola y se fue moviendo hacia el altar, la gárgola lo empezó a perseguir. Yo aproveché y fui a buscar el amuleto.

El piso estaba lleno de sangre y huesos del gran maestre. Pude encontrar el amuleto cerca de la cabeza que había sido destrozada, estaba empapado en sangre y carne alrededor.

No tenia mucho tiempo, no entendía que debía hacer, el amuleto era un frasquito que tenía un líquido verdoso. Cerca de la vestimenta estaba el libro con el que estaba rezando el gran maestre. Estaba escrito en varios idiomas, yo no los conocía a todos. Dentro del libro había páginas con hechizos y dibujos. Busqué en las páginas, si había algún dibujo referido sobre el amuleto. Pero era dificultoso poder leerlo, la sangre empapaba las hojas y se rompían fácilmente. El monje que estaba moribundo me gritó que debía untar ese líquido en la daga del gran maestro, su mentor le había dicho que eso serviría para matar a una gran gárgola. Yo nunca supe de este líquido, nunca mi maestro me lo habia enseñado.

Era con la que habían hecho el ritual para empezar esta lucha. Busqué la daga en el suelo, estaba aún en lo que quedaba de la mano del gran maestro. La tomé y vi que era un material muy diferente al acero de las nuestras y su filo además de ser de oro tenía unos agujeros y unas inscripciones. Esa daga tenia el aspecto de un crucifijo, tenia unas incripciones en un idioma desconocido para mi. Unté el liquido del amuleto sobre el filo de la daga. El liquido era tan viscoso que se pegaba y no se derramaba.

Con las pocas fuerzas que tenía le tiré la daga al monje del este para que se la clave al monstruo. Pero la daga cayó cerca del altar, el guerrero estaba muy débil, apenas podía moverse. Se arrastró por el piso y pudo tomar la daga envenenada, esperó que la gárgola se acercara un poco más. Sabía que era su ultimo respiro, miró hacia el cielo y cuando el zarpazo de la gárgola le cortó parte del cuello, Él le clavó la daga en el estomago. Fue su ultimo respiro, la gárgola al sentir el veneno de la daga empezó a gritar muy fuertemente.

Le unté el poco líquido del amuleto que quedaba al filo de mi daga y fui por la espalda de la gárgola. Y se la clavé en la parte superior de su cuello. La gárgola empezó a gritar muy fuerte, el veneno de las dagas estaba recorriendo por su sangre, de un coletazo me tiró hacia atrás. La gárgola me miró fijamente y empezó a perseguirme, trataba de tomarme. Yo me arrastraba lo más rápido posible en el piso de la catedral, me resbalaba en la sangre y en pedazos de cuerpos. Sentía la respiración, la furia de la gargola, ella estaba muy cerca mio. Escuchaba su dolor, su agonía, ella sentia que el veneno era muy fuerte, estaba muriendo. Sus pazos eran más lentos, gritaba con fuerza, pero no caía, sus garras pudieron lastimar mis piernas.

La bestia cayó al piso, quiso levantar vuelo, pero no pudo más que agitar un poco sus alas.Vomitó sangre, gritó de dolor, era un aullido ensordecedor. Donde le habíamos asestado las dagas se estaba pudriendo. Luego ya no hubo ruidos dentro de la catedral,solamente habia un poco de luz emitida por el portal y los cirios del altar.

La bestia murió al lado mío, podía sentir su olor a putrefacción, su sangre se mezclaba con la sangre ya derramada en el piso. Yo no podía moverme más, estaba sin fuerzas, las heridas que tenía no paraban de sangrar. Vi que el portal estaba cerrado, ya no emitía luz, la gárgola había muerto. Pude llegar arrastrándome a la puerta de entrada y me desplomé, saqué la pocima que había preparado en el monasterio antes de salir . Me ayudaria a resistir un poco mas, pero no sabia por cuanto. Lo tomé, en la boca amargo, su sabor era una mezcla de hierbas y licor, luego de esto mi cuerpo empezó a temblar, mi sangre hervía, perdí el conocimiento.

Me desperté tal vez con la luz del sol, no sé cuantas horas habían pasado, pero ya había amanecido, se veía un poco de luz sobre los vitró de la catedral. Me puse una tela sobre la herida de la pierna, para controlar que no perdiera más sangre. El líquido que tomé me ayudó a cicatrizar un poco las heridas, me ayudó a sobrevivir. Estaba mareado y tenía fiebre, apenas podía mantenerme en pie, me daba nauseas el olor que habia en el lugar.

Tenía que salir de ahí, pero no podía dejarlo así, corrí los bancos que tapaban la entrada,golpié el candado con un pedazo de madera hasta que pude sacarlo un poco y con la daga terminé de abrirlo . Antes de irme, rocié la gárgola y a los muertos con aceite de los candelabros y prendí fuego el lugar. La catedral se convirtió en un infierno, el fuego arrasó con todo. Tomé uno de los caballos de los carruajes y me fui del lugar. Pude llegar al poblado que estaba bajo la montaña, cuando los lugareños vieron que era un monje y que estaba lastimado, me dieron refugio y curaron las heridas. Cuando estuve sano regresé a mi monasterio, escribí mi historia para generaciones futuras. Debo enseñar que el mal se puede esconder en cualquier lugar. Traje conmigo el libro del gran maestre, me llevará años poder traducirlo. Ojalá que el próximo portal se habra dentro de muchos años.

La cruz

Al sentir el aire otra vez en mi curtida cara, siento el mal que hecho. Quisiera sentarme, en la vereda y recordar toda mi vida otra vez, pero ya perdí mucho tiempo y el poco tiempo que me queda, no voy a desperdiciarlo.

Con lo poco que me queda de alma tengo que llegar a la iglesia del barrio, estoy a muchas cuadras, no sé si seguirá estando en pie. Hace mucho que no recorro estas calles, recuerdo que eran de tierra, había más árboles, ahora hay pavimento. Las casas que recuerdo están de otra forma, más viejas algunas y otras están más lindas. Veo autos que no reconozco, he estado tanto tiempo encerrado que no recuerdo casi donde vivía.

Cruzo por una plaza donde yo jugaba de chico, está totalmente cambiada, hay juegos para chicos y le falta un árbol grande donde me trepaba, era un gomero. Cuando lo recuerdo, se me viene a la mente chicos jugando, ¡era tan feliz en esa epoca!. Me vienen momentos de la infancia, de mi juventud, que hace mucho que no recordaba. Ha pasado tanto tiempo que no sé qué edad tengo, mi cuerpo hace mucho que no cambia, me miro las manos, los pies, me toco el pelo, sé que no he envejecido, quedé viejo como cuando entré al bar. Me viene un sentimiento que pensé que ya no lo tenía, es la nostalgia. Veo todo el barrio, no lo reconozco, cambió todo, apenas puedo reconocer algunos lugares. Respiro profundamente, siento la humedad del aire, pensé que no me pondría a llorar, pero siento las lágrimas recorrer mi cara, tambien me moja el rocío de la noche, disfruto este momento.

Con el poco tiempo que puedo salir del bar, quiero ver si mi mujer está en casa, no sé si está viva, quiero saber algo de ella. Mi casa estaba pasando la iglesia, dos cuadras más adelante. Tengo que apurarme, el trato se vence a las tres de la mañana, si no llego pierdo mi alma para toda la eternidad y el plan se perderá para siempre, solo tengo una oportunidad.

Corro lo más rápido posible, estoy cansándome, mi cuerpo delata su edad. Aunque quisiera correr más rápido no puedo. Mi pecho se cierra y me agito, me apoyo sobre un poste de luz para recuperarme. Respiro unos minutos y sigo caminando hasta la iglesia, que cada vez esta más cerca. Antes parecía majestuosa, cuando era niño tomé la comunión ahí. Recuerdo algunas misas y al cura que las daba. Pero ahora está muy deteriorada, sus paredes están grises y con musgo, la puerta de entrada está podrida, no está cuidada. Al costado de la escalera de entrada hay tres vagabundos durmiendo, están tapados con cartones y con unas frazadas sucias.

 Sigo unas cuadras más hasta llegar a mi vieja casa, no es como la recuerdo, está mas linda que antes, pareciera recién pintada. Tiene un hermoso jardín, se ven lindas plantas en la parte de adelante. No hay nada igual a lo que recuerdo, se me va la ilusión de poder tener ese reencuentro con mi mujer, sé que la perdí hace mucho tiempo y fue culpa mía. Igual quisiera decirle te amo una vez más. Lo tonto que fui a perder mi vida y hacerles caso a mis deseos. Pensé que era divertido perderme en el bar y estar muchas noches borracho. Me di cuenta de lo perdido que estaba cuando no pude salir del bar, hoy quiero terminar de pagar mis pecados.

 Me caigo de rodillas sobre la vereda, las lágrimas salen de mis ojos, pero no son de tristeza son de furia y rencor hacia mí. Dentro de mi cabeza hay una voz que me dice que termine la tarea que la vida me dio hoy, para sanar las heridas del pasado. Ya perdí todo, o casi todo. Es mi ultima oportunidad para arreglar algo de mi existencia. Me pongo de pie, me seco las lágrimas, siento un poco de frio y doy un respiro profundo. Empiezo a sentir algo de felicidad por poder respirar aire fresco por ultima vez.

Cuando regreso otra vez a la iglesia, están los tres vagabundos durmiendo en la entrada, sé que van a servir para el plan, pero por ahora los dejo seguir durmiendo. Solamente abro la puerta y entro. Sigue siendo la misma iglesia, parece que los años la han afectado, están los mismos cuadros, que representan el vía crucis. Las columnas de mármol frio estan impolutas, estan los mismos asientos de madera de cuando era chico. Se ven tan viejos que me doy cuenta de que han pasado muchos años.

Me acerco al altar, que tiene una Biblia y me persigno. Me da vergüenza estar aquí, estoy con mi ropa sucia, olor alcohol y a humo de cigarrillo, me da vergüenza estar de esta forma en un lugar sagrado. Cuando era muy chico mi madre nunca me hubiese dejado entrar así a la iglesia. Ella me enseñó a respetar sus creencias, yo las respeté, hasta que empecé ir a los bares. En esos lugares conocí gente de todo tipo, no todos eran malas personas, pero algunos no eran como yo los veía. La Biblia tiene una tapa roja, ya está desgastada por el tiempo. Sus hojas están adornadas con unos bordes dorados, se nota que solamente la usan para la misa del domingo, es vieja, pero está bien cuidada. La abro con mucho cuidado y leo un salmo, hago una oración, luego suspiro un rato. Imaginé este momento tantas veces, que no puedo creer que esté sucediendo. Este ritual no sé si funcionará, es solamente una idea mía, yo dejé de creer en esto hasta que quedé atrapado en el bar. Me arrodillo hacia una gran cruz de madera que está detras del altar, rezo y mis lágrimas recorren mi cara. Me las seco, me doy fuerza para poder seguir. Le pido a Jesús, que me ayude a escapar del bar. Saco un crucifijo de metal que está al lado de un candelabro. Es parecido a una daga, porque tiene los bordes afilados y unos adornos raros, casi me corto la mano al tomarlo. Doy una última oración y salgo de la iglesia a buscar a los linyeras que están durmiendo. Ellos me servirán para pagar el pacto, espero que el colector de almas no se de cuenta de lo que quiero hacer.
Al salir de la iglesia, trato de despertar a los linyeras, están tan borrachos que solamente puedo despertar a uno.
- ¿Qué quiere? -
-Los invito a ti y a tus amigos a tomar un trago en el bar. -
- ¿que? -
-Que los invito a tomar un poco de licor. - se lo dije con mas ganas.
No los puedo despertar, están muy borrachos. Pero ellos son necesarios para cumplir mi plan. De alguna forma los tengo que llevar al bar. Los sacudo un poco, hasta que se despierta el otro.
- ¿qué pasa? -
-¿quieren ir a tomar algo caliente al bar? - les pregunto casi dándoles una orden.
-bueno. –
-no tenemos dinero. – me dicen
-el dueño del bar, me debe unos tragos de una apuesta, me los tengo que cobrar. – les digo, pero mucho no les convence.
El que desperté primero se levanta y va hasta la calle. Mira para ambos lados, se acerca otra vez hacia mí.
-Está linda la noche para tomar unos tragos.- me dice, apenas puede hablar.
Me doy cuenta de que ya tiene unos cuantos tragos encima. Otro se despabila cuando escucha la palabra "bar", aunque sigue tapado con una manta, parece que es el menos borracho. El tercero ronca, no lo puedo despertar. Sus amigos lo zamarrean para que reaccione. Cuando lo ponen de pie, le dicen que vamos al bar. No se si entendió, pero se despierta. A mi no me importa como lleguen al bar, tienen que llegar lo mas rápido posible.
Los tres apenas pueden mantenerse en pie, el olor que desprenden es rancio, sus pieles estan curtidas por el frio y en sus sonrisas hay algo parecido a la mía. Sus miradas estan perdídas, pero pueden mantener una charla. Me preguntan que hora es, les digo que debe ser la 1 y un poco más de la mañana. Les digo que el bar sigue abierto hasta tarde, ellos son necesarios para mi plan. Se me acaba el tiempo, tengo que llevarlos al bar antes de las 3. Solamente quiero que lleguen al bar a tomar unas copas.
Para que la caminata sea más amena y los linyeras me tomen confianza les voy contando que me había sucedido en la vida. Yo fui como ellos, había llegado un momento de mi vida, que no iba a mi casa, estaba todo el día en el bar. Esto fue cuando mi esposa me estaba dejando. Yo la maltraté y la engañé. Cuando ella se cansó, me engañó y me echó. Luego perdí mi trabajo, porque llegaba borracho, lo último que hacía era mendigar monedas para poder tomar vino.
Un día llego a casa y quiero abrir la puerta, pero estaba cerrada con llave. Nadie salía, toqué varias veces el timbre, pero mi mujer no salía a abrirme la puerta. Escuché un murmullo adentro, entonces

tiré la puerta a patadas, cuando entro vi a un hombre salir por el patio de atrás. Uno de los linyeras, se ríe, me abraza y me dice que eso le pasó a él también. Lo miro y me da pena,luego sigo contando mi historia.

Al ver eso me enfurecí tanto que empujé a mi mujer, la tiré al piso. Salí a correr al hombre, pero pudo escapar. Le grité de todo, no pude ver bien quien era. Mi mujer se acercó a tranquilizarme, la tomé del cuello y la golpeé en la cara tantas veces que su rostro estaba rojo de sangre. Nunca pensé que mi mujer iba hacer eso, nunca imaginé que yo pudiese golpearla tanto. La salvaron unos vecinos que escucharon ruidos y me sacaron de la casa. Por poco casi la mato.

 Mi mujer y yo éramos grandes, ella tenía 52 yo 56. Teníamos todo en la vida, dos hijos, casa, auto. Cuando los vecinos me detuvieron, mi mujer, me decía te odio, sos lo peor que me pasó en la vida… lo recuerdo como si fue ayer. Recuerdo su rostro ensangrentado y yo con una furia tremenda, estaba borracho.

Otro de los linyeras, el menos borracho, me da palmadas en la espalda para consolarme, porque se me caen unas lágrimas. Le digo que eso pasó hace mucho, que ya no lo recuerdo. Pero es una mentira, todos los días me arrepiento de haber golpeado a mi mujer.

Esa fue una de las últimas veces que ví a mi esposa. Recuerdo que esa tarde estaba tan enojado, que vine al bar a tomar unas copas. Me quedé hasta las 3hs, hasta que el barman me sacó del bar porque tenía que cerrar.

Uno de los borrachos, me pregunta qué pasó con mi esposa, le seguí contando la historia.

 Esa misma noche, borracho como estaba fui a casa. No podía mantenerme en pie, al llegar me desmayé en la puerta. Al otro día al despertar, estaba en la cama, mi mujer estaba al lado, ella estaba esperando a que yo despertara, ella rezaba por mí. Me desperté tan furioso que lo primero que hice fue cachetearla, puta fue lo más liviano que le dije. La insulté, la volví a golpear. Pero ella no era nada lo que yo lo dije. Ella fue mi compañera por muchos años, yo la engañé tantas veces, que no se podrían contar. Sin embargo, ella siempre me esperaba con la cena lista, la casa limpia, siempre estaba. Yo no le perdoné ni una sola vez, fui un desgraciado.Se me caen la lagrimas esta vez por darme cuenta de cuanto la extraño.

 Esa misma tarde fui otra vez al bar, el barman me invitó unos tragos y me quedé. Cuando volví a mi casa, ella ya no estaba, la busqué por todos lados, pero no la encontré. Con los tragos que había tomado, no había forma de poder mantenerme despierto, regresé y me tiré a la cama, no pude despertarme. Esa fue unas de las últimas veces que volví a casa. Luego de perder a mi esposa, perdí mi trabajo, perdí el rumbo de mi vida. Lo unico que hacia era despertarme e ir al bar. La casa era un desastre, no había nadie que la mantuviera, yo no la limpiaba, no me sabia cocinar, mis hijos no me visitaban. Llegó una noche que fui al bar a tomar una copa y no volví a salir.

El que menos borracho estaba, me dice

 -Eso nos pasó a todos, vamos a tomar unos tragos y olvidemos el pasado. - me lo dice con una sonriza triste.

-Si,olvidemos el pasado.- le digo tristemente.

 Hago un silencio y recuerdo como llegué a esto, pero no se lo cuento a ellos.

 Era una noche que estaba bebiendo en el bar, ya no había nadie. Me levanté de la mesa que usualmente usaba, era la misma en la que me sentaba desde que yo empecé ir a ese bar. Me dirigí hacia la puerta, estaba cerrada. Afuera estaba lloviendo, yo solamente quería ir a casa a dormir. Agarré el picaporte y no pude abrir la puerta. Intenté otra vez, pero no se habría, lo intenté más fuerte y tampoco. Lo miré al barman, pero este no estaba, había un hombre deforme. Era alto, su cara parecía deformada, sus dientes muy sucios, sus ojos no eran humanos. Me reí un poco, porque me parecía que era el barman, pero con el alcohol que tenía yo encima lo veía de otra forma. En un instante de lucidez me di cuenta de qué era el mismo ser. Me dio miedo, mucho miedo. Mis manos temblaban, no por el alcohol, sino porque estaba viendo un demonio. Apenas podía mantenerme en pie. Las rodillas temblaban, en mi pecho sentía algo que nunca había sentido, era temor. Ese temor nunca se fue.

-Quiero salir. - le dije, muy asustado.

-no puedes. -me contestó, tranquilamente.

-me debes mucha plata, me debes muchos tragos. – en su cara no había expresión alguna.
Revisé en mis bolsillos, pero no había nada. Yo ya sentía lo que vendría después. Le quise pegar, fue inútil. Me golpeó en el estómago, me hizo vomitar. Tomó mi cuello y me levantó del piso. Me arrojó hacia unas mesas. Yo no podía ni siquiera defenderme, estaba tan borracho, que no podía levantarme. El golpe en el estómago me dolía mucho. Se acercó y me miró con esa mirada seca, triste, con esos ojos fríos. Esa mirada nunca mas me la olvidé, la tengo en mi cabeza todos los días desde ese día.
-. Para salir de aquí me debes pagar con almas. – me lo dijo de una manera que supe que era verdad. Tirado en el suelo, supe que ya no podía salir del bar, en mi cabeza pasaban los recuerdos de mis hijos, mi esposa, mi trabajo, mi vida. Supe que nunca más podría recuperarlos, lloré de indignación, bronca y por último de tristeza.
 No sé cuántos años estuve en el bar, tal vez fueron décadas. La manera más fácil y rápida para salir era matar a personas, pero yo nunca quise matar a nadie. Estuve muchos años encerrado, hasta que hace algunos años, vi algo que me hizo pensar, de cómo ser libre otra vez. Un día llegaron dos chicos escondiéndose de la policía, hubo un tiroteo. Casi se prende fuego el bar, pero el colector hizo su trabajo y los hizo matar por los policías. Él se había desesperado más que nada por el fuego, no por lo que estaban en el bar. Yo lo pude ver todo, yo estaba dentro, pero los chicos no podían verme. Ese día entendí, como hacer el plan para liberarme, pero tenía que llegar el día. Yo le debía almas al colector y para ser libre tenía que quitarles la vida a personas. A los pocos días de estar encerrado me juré que tenía que terminar con este demonio, de alguna forma. Y el día de mi liberación es hoy, no tengo una oportunidad más, esta es la última.
Ya estamos en la vereda del bar, mi cabeza está inquieta me engaña. Quiere romper todo y que se acabe esta maldición de una vez por todas. Pero respiro profundamente, lloro un poco y tomo coraje.
-no llore, ya estamos en el bar, tomemos algo para olvidar el pasado.- me dice uno de los linyeras
-si, tomemos algo y juguemos a las cartas.- y los hago pasar adentro del bar.
 Cuando entramos, vi a los chicos tomando unos tragos en la mesa que está cerca de la ventana, yo llevo a los 3 linyeras a tomar unas copas en la barra. Espero que el colector no se de cuenta de mi plan. Esta vez tengo que ganar yo, por mi mujer y por las almas que el colector había tomado, esta noche sería la última en el bar.

Los ladrones

Salgo de la casa de mi amigo, a las 345 de la mañana. La noche es fría, pero no hay viento. Se puede ver la luna y las estrellas, el cielo está despejado. Por suerte traje mi campera, no es la más abrigada, pero por lo menos hoy me ayudará a pasar el frio de la noche.

Es domingo, me quedaría en el cumpleaños de mi amigo un poco más, pero estoy cansado y borracho, quiero llegar a casa y acostarme a dormir. Antes de llegar a casa quiero ganar dinero para llevarle algo a mi vieja. Ahora estoy en W.c. Morris, cerca de la vía. Caminando, en 20 minutos estaré en Hurlingham para poder robarle a algún tonto. Pero quiero ir tranquilo por la calle, saco del bolsillo de mi campera un porro, lo prendo y camino despacio para poder disfrutarlo.

Soy un ladrón, me gusta la vida fácil, el dinero rápido y que nadie me joda. Me gusta robarle algo de plata a los giles que cancherean en Hurlingham. Los chetos son fáciles de robar, se cagan encima cuando le sacas el chumbo, son unas nenas. Tengo tantos robos que ni los cuento, hace años que empecé a robar. Con lo que robe hoy le voy a comprar una torta a mi vieja para el mate de la tarde.

Se nota que es el fin de semana,hay mucha gente de joda. En algunas casas se escucha musica y veo pibes en las esquinas fumando. Pasan unos wachines que los conozco de pequeños, estan yendo a bailar a San Miguel, nos saludamos y cada uno sigue en la suya. De la casa del frente salen unas chicas, una de ellas iba al mismo colegio que yo, pero ella iba a otro curso. Me invita ir a bailar, pero le digo que no, no tengo plata.

 No quiero ir para esos lados, tuve varias riñas y hoy no quiero pelear. Sigo mi camino y llego a unas cuadras de la estación Rubén Darío, paso por el McDonald's del centro y veo a unos pibes chetos. Están posando con el auto de su papá, son pendejos.

Le pongo el revolver en la cabeza a uno que es un flaquito rubio con olor a perfume, el otro que lo acompaña boludea, ni se dió cuenta que les vine de atrás.

- Dale puto dame las llaves del auto gil, la concha de tu hermana. – les tenés que decir así de rápido, los dejas en shock.

Cuando se dan cuenta que le estoy robando, uno se quiere pasar de vivo y me quiere rebatar el chumbo. A ese le pego en la cara y al rubio le parto la cabeza de un culatazo. El otro sale corriendo. El rubio me da las llaves del auto, aprovecho que está tirado en el piso y le pateo el estómago, me subo al Peugeot y salí por Vergara a Villa Tesei. Hago todo rápido, para cuando me empiece a buscar la policia ya descarté el auto.

Paro en una YPF, que está abierta para comprar cigarrillos, cuando entro al kiosco de la estación, escucho por detrás, la voz inconfundible de un amigo de siempre. Es el Robert, no cambia más, él siempre está de buen humor, el no deja de sonreír nunca, está con una gorra nueva y su campera del Gallo.

-¡hola amigo!. - me dice y nos damos un abrazo muy fuerte.

-¿qué haces por acá? - le pregunto, no me lo esperaba cruzar.

-nada, agitando la noche.- robert estaba solo, es mas tranquilo que yo.

-vos?.- me pregunta, pero por dentro sabe la respuesta.

-Estoy yendo para mi casa. – me río un poco.

-venite a casa a tomar unas cervezas. – me dice con su sonrisa de siempre.

-no, quiero ir a casa a dormir, ya tome varias birras.- Estoy canzado.

-lindo auto,¿ es tuyo? – se rie, sabe que lo robé.

-No, se lo robé a un gil.- y me reí.

-Subamos al auto y vamos para mi casa.- le digo.

 Salimos los dos en el auto, vamos yendo tranquilos por el centro, no hay muchos autos, hasta que escucho la sirena una patrulla de policía. Robert me mira, y me pregunta si tengo un arma, le digo que sí, el se ríe. Se pone un poco nervioso, pero hemos pasado varias veces persecuciones y salimos limpios. Acelero con todo el auto, nos metemos por una calle al costado de la avenida para tratar de escapar de la patrulla.

-No te preocupes, estos policías nos siguen unas cuadras y después se van. – generalmente hacen eso el fin de semana, ellos no quieren un cuetazo un domingo.

Mi amigo Robert se ríe y prepara su revolver, le saca el seguro y le carga los seis tiros. Yo sé que él no les tiene miedo a los policías, mató a dos el año pasado. La patrulla nos continúa siguiendo, cada vez está más cerca. Paro el auto en el medio de la calle y levanto las manos, el patrullero se pone de atrás, cuando baja el policía de la patrulla, salimos arando. El policía nos puteó y nos volvió a perseguir. Estamos cerca del club Saint Michael, en esta zona las calles estan muy rotas y tiene muchas lomas de burro. Pero nosotros vamos a fondo, el auto hace ruido por todos lados, porque agarramos todos los pozos. Quiero llegar hasta la calle Camargo y escaparnos hacia EL Palomar. Pero agarro una loma de burro, el auto se mueve de costado y volcamos. El patrullero para delante de nosotros, se bajan dos policías, ambos con armas. Yo me puedo mover un poco, pero tengo un golpe en la cabeza, safé porque tenía puesto el cinturón de seguridad. El Robert está más golpeado, él no lo tenía puesto. Me suelto y tomo el revólver, veo que uno de los policías bajó con una Ítaca y le apunta a Robert. El otro covani me apunta con su pistola, Robert me mira y se sonríe. El policía lo agarra y lo saca del auto, empieza a palparlo. A mí el otro policía, me pega con el bastón en la cara y en las piernas, me lastima mucho. Los policías nos putean, nos están golpeando, pero Robert se la banca. Le pega al policía una patada y empiezan a pelear, le saca la escopeta y lo tira al piso. Cuando pasa esto el policía que está conmigo quiere disparar su arma, pero le pego en el estómago y cae al piso. Robert le dispara al que esta con él y lo mata al instante. Yo le apunto a la cabeza al covani que esta tirado en el piso. Me pide que no lo mate, le disparo en el brazo, para que se joda. Robert se sube al patrullero y me llama.

-¡escapemos de acá ahora!.- me dice muy asustado

Subo y nos vamos en el patrullero hacia al barrio La Juanita. El policía que queda herido trata de ayudar a su compañero, pero no puede hacer nada ya está muerto. Robert está tan nervioso que le tiembla el cuerpo, no puede manejar bien.

-tranquilizate un poco, descartemos la patrulla y nos vamos a casa.- le digo

Es la 6 de la mañana, nos bajamos de la patrulla, la dejamos tirada en una plaza, nos vamos caminando. Mi casa queda cerca,no tardaremos mucho en llegar. Yo estoy nervioso, Robert está más aún, temblamos los dos. Escondemos las armas entre la ropa porque se escuchan las sirenas de otros patrulleros, nos están buscando.

 Nos metemos en una calle con el asfalto destruido,donde es imposible que pasen los autos. Vamos casi corriendo, no quiero que me agarre la cana hoy, quiero llegar a casa y dormir. Prendo un porro para bajar el miedo, le combido un poco a Robert, para que se tranquilice. De repente vemos que se acerca una patrulla, no la escuchamos porque no tiene puesta la sirena.

-¡Robert, tírales con la Ítaca! - fue lo primero que le digo, yo no quiero ir preso.

-¡dispárales también con el chumbo! – me dice con mucho miedo.

Les disparamos los a dos a la policía, pero estamos bastantes lejos, no le podemos dar. Los policías nos disparan también. Tenemos pocas balas y se escuchan otras sirenas acercarse, tenemos que salir sino nos van a matar. Le apunto al patrullero y le destrozo las gomas para que no nos siga. El Robert dispara varias veces con la Ítaca y les destruye el parabrisas, los policías se cubren detrás del patrullero,pero nos siguen disparando. Luego salimos corriendo y llegamos hasta una esquina donde hay un bar. La puerta está abierta, dentro del bar hay un hombre, es el barman.

-¿Que les pasa chicos? - nos dice sin preocuparse, Yo le pongo el revolver en el estómago.

-cállate y no hagas lio. – le dice Robert, el barman, no se asusta para nada, pero se queda callado.

El bar es viejo, yo lo conozco de hace mucho, pero nunca había entrado. Siempre estuve por el barrio y pasaba al lado del bar, nunca se me había dado por entrar. El barman, nos pregunta si queríamos algo para tomar. Yo estoy tan nervioso que le golpeo la cara, Robert le da una patada que lo tira al suelo.

-¡¡callate!!- le grito y Le pongo un culatazo en la cabeza.

El barman no se desmaya ni sangra, me pide de rodilla que no lo mate, le digo que se calle o sino lo boleteo. Robert cierra las puertas del bar para que la policia no nos vea. Agarro al barman de los pocos pelos que tiene y lo meto en el baño. Él me quiere golpear, pero no tiene fuerzas, le pego una piña en la boca para que se calme, cae y se golpea la cabeza con el inodoro.

-El bar está cerrado y no tienen plata para pagarse unos tragos. - nos dice el barman gritando.
-cállate o te mato. - le dice Robert, y le apunta con la itaca.
-No van a salir de aquí nunca más. - la voz del barman ya no era la misma.
 Robert, queda mudo, el siente lo mismo que yo, es un escalofrió en todo el cuerpo. Cierro la puerta del baño y la trabo con unas mesas y sillas. El barman no tiene forma de escaparse.
 Afuera hay patrulleros, se reflejan las luces azules y se escuchan sus sirenas. Me acerco a la puerta para ver cuántos hay, son dos patrulleros y cuatro policías. Tenemos pocas balas y estamos cansados, Robert está muy nervioso, apenas puede mantener la itaca. Yo estoy ansioso, quiero irme a casa ya, quiero acostarme a dormir y que pase este día una vez por todas.
Trabamos la puerta de entrada con una mesa de pool y una repisa para que los policías no entren. Ambos sabemos que vamos a la cárcel o morimos aquí. Podemos ver a los policias desde las ventanas del bar que dan a la calle. De afuera un policia nos pide que salgamos, pero si hacemos eso, nos van a matar. Para pasar el miedo, agarro una botella de wisky, la abro y tomamos unos tragos. Luego de un rato miramos por la ventana, vemos a los policías preparándose con los chalecos antibalas, tambien están cargando unos rifles.
El barman desde adentro del baño grita que de acá no nos íbamos ir nunca más. Le grito que se calle, le tiro un tiro a la puerta del baño para asustarlo. Afuera se escucha más movimiento, los policías se preparan para atacarnos. Miro por la ventana y disparo un tiro hacia una patrulla. La bala impacta sobre el parabrisas. Los policias nos gritan que nos entreguemos, yo le respondo con otro disparo. Nos empiezan a disparar, Robert dispara con la itaca y pega un tiro en la puerta del patrullero.
Nos estan enfrentando 4 policías, pero dentro de poco vendran mas. Yo me cubro un poco con una mesa. Robert se cubre en el mostrador, aprovecha y descorcha una botella de vino, luego me la pasa y tomo también.
Pasa media hora y no hay ruido, pareciera que el tiempo se detuvo. No siento calor ni frio, debe ser que seguimos tomando vino. Robert está borracho, yo he perdido la noción de tiempo, me siento mareado y tengo sed.
Me levanto y miro hacia afuera, veo que hay más policías que antes. Cuando me ven acercarme por la ventana, me piden que arroje las armas y que salga con las manos en alto. No quiero ir preso, no me gusta el encierro. Robert está tan borracho que no puede mantenerse en pie, apenas puedo entenderle cuando me habla. Le pido que se cubra detrás del mostrador, no quiero que le peguen un tiro.
 Dejo de escuchar lo que pasa a mi alrededor, no escucho nada, mi vista está nublada. Miro otra vez hacia fuera, porque no escucho a los policias tampoco. Veo a los policias inmóbiles y veo a alguien parecido al barman. Su cara es diferente, está más viejo, tiene una cara más fea, sus ojos son fríos. Voy corriendo al baño, saco las mesas y sillas, rompo la puerta a patadas. Cuando entro, el olor que hay en el baño es insoportable, es olor a huevo podrido a azufre, El barman no está.
-¡Robert el barman no está! – le digo a mi amigo muy asustado.
-No me jodas, estoy borracho pero no soy boludo.- apenas puede decirme
-¡Que no está!. - ya se lo digo mas asustado
-Revisá bien el baño, no pudo haberse escapado. – Robert no me cree.
El baño no tiene ventanilla, solamente un respiradero cerca del inodoro. Pienso que estamos alucinando, es el vino y los nervios que nos juegan en contra. Vamos a la puerta de entrada, sacamos todo lo que le habíamos puesto para que no entrara nadie, queremos abrirla y no podemos. Le disparo con el revólver y Robert con la itaca, pero no le hacemos daño, le disparamos otra vez y no pasa nada.Miramos a través de la ventana, vemos al barman afuera, él se acerca a un policía, le susurra algo al oído. El policía hipnotizado dispara. La bala le da en el ojo a Robert, cae al piso. Se mueve un poco, extiende su mano, la agarro, pero no se mueve más. En el ambiente ya no se siente, frio ni calor, solo había silencio. Trato de despertaral robert pero no puedo hacer nada, mi amigo está muerto.
La furia que me invade es tremenda, empiezo a romper todo, rompo las botellas de alcohol y con el encendedor que tenia para prender los cigarrilos trato de quemar el bar. Es en ese momento que

detras de mi , escucho la voz del colector de almas. Me doy vuelta y veo al que antes era el barman, ahora es un demonio. Lo veo muy enojado, muy frio a la vez.
-nadie quema mi bar, y vive otro dia mas.- me dice con una voz gruesa.
 Miro por última vez por la ventana, y siento como un bala de los policias traspasa mi corazón. Me toco el pecho con la mano, sale mucha sangre, caigo al suelo. Cuando abro los ojos, veo el sucio y viejo techo del bar. Los cierro un segundo, cuando los abro nuevamente, veo a colector de almas, mirándome. Me dijo que nunca más saldría del bar.